您可疑的近况

[韩] 金劲旭 著
安松元 译

南海出版公司

新经典文化股份有限公司
www.readinglife.com
出　品

目录

中文版序言

出版方邀请我写一篇中文版序言，我没有犹豫就接受了。为了做些参考，我翻出了当年出版这本小说集时所写的作者后记。这是十几年来第一次重读此文。刚读几行，甚至还没来得及感慨一番，心就凉了半截。因为每一字每一句都显得用力过猛。尽管那是血气方刚时的作品，但我还是感到脸红。当时我三十五六岁，走上文坛十三年，已经出版了三部短篇小说集和三部长篇小说，虽不敢奢望领悟到绝世武功，但是至少应该知道如何放松肩膀。

几年前，我受邀访问北京的高校，看到了一双双充满求知欲的眼睛，看到了许多对我这个外国人热情相待的面孔。他们待我如十几年的故交。在我的记忆中，北京人是有点特殊的，他们热情好客却不失分寸，言语坦率却不失礼节。我去一所大学演讲，在学校食堂里看到了这样的场面：伴随一阵轻快的剁案板的声音，厨师将一个硕大的西瓜瞬间切成了一堆小块，而每一块的大小刚好可以入口。在韩国，西瓜是整个或半个出售的，不像在中国还可以切成小块按斤出售。这一点让我感到很新鲜，不过让我目瞪口呆的还是那精湛的刀法，只消几刀下去，一个西瓜就变成一堆大小均等的西瓜块。他斜站着，手里拿着斧头般大小的菜刀，却像挥动苍蝇拍一样自如。我仿佛看到一位衣袂飘然的武林宗师，面对对手的疯狂进攻，以不变应万变，一次次化险为夷。

我如果早几年去北京，《您可疑的近况》是不是会写得从容一点呢？在大学食堂里切西瓜的厨师和他那让人眼花缭乱的刀法，我始终无法忘怀。今后，我每次铺开一张白纸，开始创作新作品时，都会忆起那难忘的场面。这让我更加感激、珍视与中国读者的会面。最后，衷心感谢创造奇迹的译者、编辑和出版方负责人。

愿所有人的近况不同于书名，一切安好！

二〇二二年三月于首尔

金劲旭

费尔南德马戏团的拉拉小姐

这个故事和费尔南德马戏团没关系，和费尔南德马戏团的拉拉小姐更没关系，它的起因是突然出现的一辆车。我没有手机和私家车。朋友们嘲笑我是国家级重点保护文物，不过我倒为此而自豪。在刚刚过去的时代，没有手机和私家车让人觉得丢人现眼。从前对讲机般硕大的手机和毫无流线美感的私家车，还被认为是精英生活的标配。然而在这人人携带手机、开私家车的过剩时代，主动的匮乏反倒成为自豪感的源泉。

我不是独身主义者，可到了三十好几却仍孑然一身。为数不多的几个朋友，看我的眼神里充满同情。然而我倒可怜她们呆板的生活。拥有得越多，恐惧就越多。她们用最新款手机偷听老公的语音信箱，用 GPS 定位系统追查老公的行动路线。唯恐自己的孩子不如同龄人，没等孩子学会母语就聘请外教上英语课。为了不让自己显得落伍，每周末开着分期付款的轿车，到百货商店、打折店购买最新流行款式的服装。所以我可以理直气壮地说，没有手机，没有私家车，没有信用卡，没有老公，没有什么可失去的，也就没有什么好害怕的。可是一辆私家车却偏偏归了我。就像一个受神灵诅咒的弃婴，私家车被送到我手里。

交到我手中的车是一九九五年产的红色福瑞迪。把车交给我的朋友说，车旧是旧了点，但开起来还不赖。她原本是我仍有来往的朋友中唯一一个未婚者，但上个月结了婚，马上就要随老公去上海。她老公在电子公司上班，升职后被调往中国分公司。我问她，你现在的工作还要不要？她毫不迟疑地告诉我，已经辞了。过去经常听她说，为了家庭放弃自己的生活是傻事。于是我很纳闷，可看她那么兴奋，也就不忍泼冷水，我还没那么狠心。

说不出掏心的话，只好东拉西扯。我问她，你在中国做什么。她答，学中文。语气跟平时不一样，很是认真。那可疑的认真劲儿，倒让我哑口无言。片刻的沉默后，她察言观色一番，随即叫我把车开走。我坚称，绝不拥有车子这类东西是本人的生活信条。她却当成耳旁风。

“你还是我朋友吗？”

“是啊。”

“作为朋友你想让我安心出国吧？”

“当然啦。”

“那好，这车你就收下吧。”

“不行，别用你那套胡搅蛮缠的三段论忽悠我。”

“我现在说的不是三段论，说的是你的幸福。”

“我的幸福？”

她说，我是朋友中最后一个单身者，她实在不忍心就这么离开。只有把这辆幸运之车留给我，她才会略感宽慰。这里有必要补充说明一下。有一天，她在高速公路上，车突然熄火，好像是在西海岸的某一处。当时，一个路过的男人停下来帮她解决了麻烦，此人后来就成了她的老公。显然她也将结婚视为一次中彩。她的意思是，这辆带给她幸运的车，多多少少也会带给我一点幸运。看那架势，如果我拒绝下去，她说不定要宣布绝交。第二天，她开着车出现在家门口。没等我做出反应，她的福瑞迪就归我所有了。

这个故事和费尔南德马戏团没关系，和费尔南德马戏团的拉拉小姐更没关系，但是给这个故事提供条件的朋友，却跟她老公一起去了中国。而我这个三四十岁的单身女，就成了朋友圈里货真价实的最后一个单身者。她，也就是我的同志兼老铁走后，已婚的朋友们一如既往为了育儿、老公出轨和爱开黄腔的上司等问题而烦恼，我却仍孤零零地一个人生活。然而老实说，生活不可能跟过去一样。不知道是什么原因，我在书桌前坐了一整晚，却写不出一行像样的文字。内心的一角好像蒙了一层雾。我知道所有这一切都缘于朋友硬塞给我的那辆车。当她无视我的拒绝，把车开到门口时，生活的节奏就已经被打乱。

我自以为通过对福瑞迪的视若无物，守护了基于匮乏的自豪感。但从结果来看，这只是对问题的回避而已。在被我视而不见的那段时间里，它蒙了几层灰，落了几层雪，雪融化了几次，灰又蒙了几层。曾经，鲜红的福瑞迪仿佛刚从肉铺买来的肉片一样。如今，它却像被遗忘在冷冻室里多年的一堆肉，失去了光泽，污迹斑斑。她说她特意为我洗过车，朋友的话犹在耳畔。透过书桌对面的窗户，就能看到那辆污迹斑斑的福瑞迪。有人说，老车上载着驾驶者的灵魂，我不相信这类神秘主义的鬼话。不过每次看到被我冷落一旁的红色轿车，心里便涌起令人惊讶的负罪感。我咬牙坚持，忍着不去看它一眼。拒绝开车是我的信念，而不是出于我的好恶。

就这样，一个月过去了。一个月后的一天，我的信念遭受了前所未有的强烈考验。那是因为来自中国的一通电话。朋友先是大谈特谈中国的飞速变化，之后突然问起送我的那辆福瑞迪。我方寸大乱，好像被说中了心事。我想转移话题，问她中文学得怎么样。可惜朋友不吃这套。

“车开得还好吗？”

我一不小心撒了谎。

“那就好，其实我一直担心你把车扔在停车场里。”

“怎么会，我能那么不领情吗？”

“车况好不好？”

“挺好，偶尔还去郊外兜风。”

“那就好，我还以为我不在的时候你成天趴在床上，没想到你还挺快活的。”

“别担心，托你的福，驾驶技术明显长进。”

“真的？”

我找了个借口：电话费太贵，先挂了吧。正要挂电话时，那头传来一句话，像钉子一样钻入了我的耳朵。她下个月要暂时回国一趟，让我开着福瑞迪去仁川机场接机。她说，老公太忙来不了，两个人不妨促膝长谈一番。说完就把电话挂了，甚至都没给我留机会编一个借口。为了不成为撒谎精，为了不失去朋友，我不得不去学习驾驶。然而有一个问题，自从十年前取得驾照，我就没开过一次车，甚至都快忘了自己还有驾照。说起来，考驾照的时候，我尚未把匮乏当作自己的信念。那还是很久以前的事，当时普遍认为过了二十岁都要考个驾照。

自从我平凡的生活中多出了这辆鸡肋般的轿车，就不断需要添加别的东西。首先需要一个驾驶辅导员，恰巧有个朋友刚买了车。我打电话，让她帮忙找一个合适的人。当然，她不认识旅居中国的那位朋友。听完了我的话，她显得很高兴。想开车，你？她的喜悦顿时让我的自豪感出现裂痕。很好，我支持你。朋友的鼓励似乎隐藏着潜台词：自命清高又能怎么样？她长出了一口气，终于看到我的生活和自己相差无几。开车出去逛逛，就不免遇到男人；接触男人多了，就不免挑一个谈谈恋爱；两个人同床共枕，就不免要生个小孩。她好像就是这么想的。稿费你留着干吗？趁这个机会买一部手机，我告诉你哪儿便宜，给你打电话每次都是自动答录机。满意了吧，都怪那该死的福瑞迪。

我平时除了每隔两天去一趟钟路三街的瑜伽学院，几乎足不出户。如今不得不坐在驾驶座上，被放逐到冷酷无情的速度竞技场。市内遍布守株待兔的收费停车场，每条胡同都潜伏着非法停车稽查班的工作人员，到处都是争发促销传单的加油站，汽车修配厂的员工操着专业术语，说服半懂不懂的司机们更换各种零件。他们都是新市场需求的受益方，而这一新需求的最先受益者是一位退休的大巴司机。

朋友热情洋溢地推荐道：年纪是大了点，不过教得很好。据介绍，此人年过六十，退休前是高速巴士司机，现在专职从事驾校辅导员工作，还兼任他们教会的劝士。不好意思，没能给你介绍帅小伙。朋友不说这句话就好了。不过我还是表示了感谢。我知道她说的不是客套话，听起来很残忍。贱人。

他比实际年龄显得年轻。五官端正，面色红润，看起来像是小酌了几杯。身材健壮，平时应该也做一些运动。穿着一身淡紫色方格西装，还系了一条领带。粉红色领带上夹着金色领带夹。头上戴了顶贝雷帽，和西装是同色的。

“你好。”

他一见到我就主动开口。他是开着自己的车来的。嗓音清脆，和他那壮硕的体形略有反差。对我就像对待自己多年不见的侄子，没有一点客套，主动搭话、握手。我的脸却唰一下红了。这倒也不足为奇，我不擅长社交，何况已经习惯独处，跟陌生人相处一个小时以上，就感觉很吃力。

“您好。”

我害羞地握住他的手，怯生生说道。松手的时候，我心里暗想，希望他是一个沉默寡言的人。他干咳了几声，从兜里拿出一张名片递给我。

朴寿童，他名片上的名字。网约车司机、麻浦青少年善导委员、健康生活实践协会麻浦支部长、诗人。眼花缭乱的履历上，最后一项是诗人。而且唯独“诗人”是用汉字标注的。这不能不使我感到紧张。

“没有名片吗？”

他问。

“没有。”

他用奇怪的眼神看我。那表情似乎在说：年纪轻轻的，连名片都没有。这么一说，我又发现自己少了一样东西。长这么大从来没有名片。没有秘密，意味着贫穷和空虚；而没有名片，虽然意味着贫穷，却一身轻松。

“听说你是作家？”

他这一问似乎不需要我回答，但表情暧昧。朋友跟这位与我素昧平生的老人到底透露了多少我的个人信息？他既然已经知道我是作家，那么也应该知道我没结婚，一个人生活。早知如此，何必当初。我突然后悔，不过似乎为时已晚。已经来不及改口叫他回去了。

这个故事和费尔南德马戏团没关系，和费尔南德马戏团的拉拉小姐更没关系，但是即将正式起航。之所以用“起航”这一古典譬喻，自有其原因。如果我想把朋友留给我的福瑞迪开出去，或者开到洗车店去清除满车污垢，就不得不接受驾驶培训，而这差不多就是一场艰苦的航行。虽然我的自豪感基于匮乏，但拒绝开车也并非只有这一个原因。我一向不善于操作机械，不管运作原理多么简单，都会望而却步。连自动答录机的一句简单问候语，我都录了一个多小时。

他的教练车是用普通轿车改造的。他说，原来是白色，用于培训后就改成了黄色。车后窗上贴着醒目的哥特式字体："上路实习"。我从没坐过教练车，看见副驾驶座上的联动刹车装置，感觉很新鲜。

他让我坐在驾驶座，自己坐上副驾驶座。自从考了驾照，我还是头一次坐在驾驶座上，感觉很生疏。我试了试油门踏板和刹车踏板。车刚一启动，他就急不可待地问。

"哪一侧通行？"

"不是右侧吗？"

问题太简单，我甚至怀疑自己是不是答错了。

"好，你只要记住这一点就行。车是右侧通行的。甭管刮风、下雨，还是下雪；甭管处男丧妻，还是处女怀孕，只管往右边开。好，现在就开吧。"

于是艰苦的航行开始了。一天两个小时，一共六天；一天五万，一共三十万培训费。第一课是围着小区转一圈。我租住的公寓地处首尔的人口密集区，不管白天还是黑夜，车辆拥挤，行人来来往往。对于考了驾照后十年都没摸过方向盘的人来说，这不是简单的任务，差不多就是闯地雷阵。车像蜗牛一样爬行，终于在驶出巷子口时遇到麻烦。车在小区巴士往来的弯道下坡，我正小心翼翼地躲避着电线杆，却没注意停在路边的轿车，剐掉了后视镜。哐的一声，我吓得把车停下。走下去一看，后视镜晃晃悠悠地吊在车上。

“没掉就行。快上车吧。”

他坐在副驾驶座上气定神闲。

“可是……”

“你还想留电话号码？拉倒吧。这年头，谁先认错谁倒霉，说不定还要扒你一层皮。在这么窄的巷子里停车，不把后视镜折起来，车主是不是也有责任。”

我犹犹豫豫地回到车上。等我出了巷子再开上主干道，后背已经湿透。

“在路上，只要跟着前面的车跑就行。保持适当距离，跟着车屁股就没问题。”

好在他之后就没再说话。绕过社区的时候，我在十字路口看错了红绿灯，脱离了预定路线，拐进了另一条路。他除了踩过几次刹车，对我的车技也没多说什么。其实，就算说了什么，我也没工夫搭理。我紧张地盯着前面的车，慌慌张张地一会儿踩油门，一会儿踩刹车，已经够忙的了。没工夫去看后视镜，也不知道是在往哪里跑。我盯着前面的车，不知不觉就已经到了汝矣岛。

“休息一会儿吧。”

我照他的指示，把车开下汉江江堤，停在汉江市民公园的停车场。宽敞的停车场内，泊车并不太难。可能因为紧张，我有点口渴。他望着汉江，叼起一支烟。

“想不想喝点什么？”

“没关系，不用客气。”

我不知道他是礼节性的推辞，还是真不想喝，于是又问了一遍。

“那好，我要冰激凌。”

“天这么冷……不想喝点热咖啡吗？”

“我要吃布拉博筒[①]！”

在冷风呼啸的冬日，我沿着汉江边气喘吁吁地寻找冰激凌。散落于公园各处的简易商店里都没有，只有速溶咖啡、绿茶这类热饮，或者鱼糕、炒年糕这类零食。我问有没有冰激凌，正在炒年糕或穿鱼糕串的店主们停下来，惊讶地看着我。空手回去也不是不可以，老实告诉他没有卖的就行了。可我莫名其妙地想争一口气。终于，我在游艇码头边上的商店买到了冰激凌，也买了我

① 海太制果株式会社 1971 年上市的一款甜筒冰激凌，英文名为 BRAVO cone。

想喝的罐装咖啡。他吃得津津有味，毫无此前的客气和推辞。

“真是好年头，大冬天还能随便吃冰激凌。对啦，这个周末前我要写一首以初雪为题的诗，可是还没灵感。如果你有好想法就告诉我，别客气。”

不知道是因为吃了冰激凌心情变好，还是对我的烂车技略感放心，他像变了一个人似的，打开了话匣子。稍作休息后，我便把车开上了公路。他依旧唠叨个没完。为什么没结婚？什么时候开始写作的？出书了吗？什么名？有男朋友吗？上教堂吗？一方面，开车让我绷着神经；另一方面，我听得也漫不经心。他见我回答没有诚意，语气变得刻薄起来。

“现在的年轻人，看着就让我操心。说什么结婚不是必须的，稍有矛盾就闹离婚，为了享受二人世界还不要孩子。再这么下去，听说一百年后咱们国家的人口就要下降到旧韩国末年的水平。谁来保家卫国？咱这么一个不出一滴石油的小国家，靠的只有优秀的人力资源，可没了人口，这个国家不是得完蛋吗？”

我仍然不搭话。车开出了汝矣岛，行驶在回去的路上。把车开到汝矣岛，已经让我觉得像做梦一样。回去的路很轻松。路也熟了，开车好像也没什么大不了。他一路上操心我国不断下降的出生率和不断攀升的离婚率。我仍无动于衷。

“平常人的生活最好。”

安全抵达家门口时，他用这句话结束了演讲。不想过平常人生活的我，也很高兴能安全回家。照这个进度，开车去仁川机场接朋友似乎没多大问题。第一天的课就这么结束了。不过还有一件事。我们约好了第二天的见面时间，但就在转过身去的时候，他突然停下来，像是一下子想起忘说的某件事一样说道："对了！我有一个学员，六十五岁的老奶奶，每次看见我都一口一个老师。明天见。"

这个故事和费尔南德马戏团没关系，和费尔南德马戏团的拉拉小姐更没关系，既没有训诫也没有幻想。渴望训诫的人可以去写日记，渴望幻想的人可以去偷看别人的日记。在这个既懒于训诫也怠于幻想的贫困的故事中，只存在一些可有可无的对话、事件，以及拿不准有无必要予以命名的生命的蛛丝马迹和细微的情感错位。

第二天的课，要经过首尔站和光化门，再从东大门回到原点。市内交通混乱不堪，他频繁地踩刹车。开始我倒没怎么留意，但过了一会儿就有点不耐烦了。他对我的车技缺乏信心，没多大必要时也踩刹车。

"我说大叔，别老踩刹车。"

"我好像说过吧，跟我学车的老奶奶，六十五岁了还跟我一口一个老师的。”

“大叔，您信不过我？”

“开车哪有信得过信不过一说？”

“没事您老踩什么刹车？大叔！”

“你知道我三十年零事故的秘诀是什么吗？”

“……”

“在路上谁也不信。”

“您不是说驾车不存在信不信的问题吗？”

“你想一下，如果开车的是嗑药的、喝醉的、疯了的。飞车党？他们起码动静大，能提前躲开。可这帮人，突然蹿出来，你想那是什么后果。多可怕。”

市政厅前，去光化门方向的车流向前行驶。这时，黄灯亮了。前面的车突然在交叉路停下来。他急踩刹车。后面的车此起彼伏地按响喇叭。前面那辆车却纹丝不动。很快，信号灯亮起，去往南大门方向的车流立刻开进交叉路。前面的车困在交叉路上，进退两难，挡住了开往南大门方向的车流。

“女人不干家务，开什么车……”

他神经质地脱口而出。我听着刺耳，就愣愣地盯着他。他凝视着前方，但显然已经意识到在被我瞪着。“黄灯亮，快速通过，否则容易出事故。”他的话好像是某种掩饰。驶入交叉路的车辆纷纷绕过女司机的车。她把着方向盘，默默承受着来自四面八方的指责和谩骂。

我们在东大门服装超市旁边的胡同把车停下来，打算休息一会儿。没等我开口，他就让我去买上次吃过的冰激凌。我去便利店买咖啡和冰激凌，可是没有他要的，只好买了另一种回来。

“没有布拉博筒？”

“没有。”

“我不吃这种。”

我有点好奇，要是我说不吃就算了，他会有什么反应？不过我叫他等一会儿，又折回了那家便利店。把冰箱翻了个底朝天也没有找到他要的冰激凌。我跟店员求情，退掉了刚才买的。他要的冰激凌，我跑到东门站附近的超市才买到。他这次照样吃得津津有味。我一边喝着咖啡，一边仔细观察他吃冰激凌的样子。他也许想延长冰激凌带来的快乐，像孩子一样用舌头慢慢地舔。如果是在夏天，估计冰激凌早就化没了。还好，吃冰激凌的时候，他一直很安静。

广场四周林立着服装超市，出来游玩的年轻人不少。一些人坐在长椅上喝东西，一些人在滑旱冰。他在吃冰激凌时一言不发，不过当快乐的源泉从嘴里消失殆尽后，他又开始喋喋不休。

“我想写一首以初雪为题的诗，可没有灵感。如果你有好的立意，跟我分享一下怎么样，作家老师？”

“昨天您不是说过吗？”

“是吗？有好的立意吗？”

“没有。”

片刻沉默。不过他的沉默并没有维持太久。他很快就适应了我的消极态度，不再问东问西，开始聊起个人情况。

他有四个女儿一个儿子，早年生的几个女儿都已经出嫁。四十五岁那年老来得子。小儿子今年参加高考，准备上法科大学。他大发牢骚，说儿子成天跟一帮朋友胡混，搞什么乐队。上法科大学，应该比高三更努力学习才是，可刚考完试就成天抱着电吉他，还把头发染成黄色，实在太让人操心。六十多岁的时候他还跟老伴儿去了一趟东南亚旅行，女儿们出的钱。在斑马线等信号灯时，他从钱包里拿出全家福给我看。与其说是给我看，还不如说是把照片硬塞进我的视线里。我当时正目视前方。

他说那是十五年前拍的。四个女儿都戴着又大又圆的板材眼镜。记得十五年前，视力正常的人也流行戴板材眼镜。他说孩子们的视力都不好，随了妈妈。而他本人，现在看报纸也用不着老花镜。看照片，神情木讷的夫人和女儿果然都戴着眼镜。我强忍着没笑出来，只是对坚韧的遗传基因感慨唏嘘。照片中，他抱着酷似自己的儿子，开怀大笑。那个撇嘴盯着镜头的儿子，据说现在也戴眼镜。照片已经泛黄、卷边。

“没有最近拍的照片吗？”

“有倒是有，不过我还是喜欢这张。”

他把照片放进钱包里，神情略显失落。我想象着他的美好时光。省吃俭用，在边缘地带买下一栋不大的房子，时不时擦拭着刻有自己名字的门牌。连生了几个女儿，仍痴心不改，最终抱上了个大胖儿子。当时的心情，好像全世界都属于自己一样。儿童节带着儿子逛昌庆宫、景福宫，回家的路上特意去华人店主开的中国饭店，吃糖醋肉和炸酱面。每逢父亲节，捧读着以“父母前上书”为开头的信——十有八九用错“分写法”[1]，眼角湿润。这是他亲手建立的小王国，作为诚实的丈夫和可靠的父亲，他会欣然领受其中的温馨吧。这张全家福像过时的笑话，他每次在其中寻找的不是家人，而是在家人中间的自己吧。

我父亲经营一家照相馆，可是全家人一起拍的照片却没有几张。仅有的几张照片上也没有父亲。拍照时常闭着眼睛的妈妈，调皮地用手指做出 V 字的大哥，面对镜头总是表情僵硬的小哥，还有我。相片里没有父亲的位置。相片中的人所凝视的镜头背面，才是父亲永远的位置。父亲从来不让别人掌镜，他仅仅作为

---

①“分写法”是韩文拼写规则，“父母前上书”是易错点。

捕捉家人表情的视线而存在。奇怪的是，每次看到父亲缺席的相片，我都更加强烈地感受到他的存在。

这个故事和费尔南德马戏团没关系，和费尔南德马戏团的拉拉小姐更没关系，何况其贫困的叙事又不具有明确的中心。因此不妨用这辆教练车走过的路线展开这个故事。可惜我用拙劣的车技画出的移动路线并不具有任何意义。绕一圈南山循环道，或驶入南部循环道，穿越堵塞的德黑兰路，再经蚕室直抵美沙里；或掉头从舍堂三岔路起步，向右拐，不走南部循环道，取道果川方向，抵达竞马场和大公园——它们本身不具有任何意义。

他给我指定路线时，标准只有一条："前一天没去过的地方"。路线似乎没有任何意义，但如果联系起他的话和让人过后即忘的琐碎举动以及我的感受，则另当别论。比如，"我是在这儿跟老婆求婚的，就在昌庆苑猴笼前。"他在公园路口说。这时他接到一个电话，老伴打来的。接到电话，他从长椅上起身走开，我没有听清争吵的内容。这些意义，如果抛开公园这一空间背景，也许就该另当别论。他选择的路线都是勾起回忆的地方。回忆又大多和他的家人有关。从遇见老伴再到生儿育女，他的一生就隐藏在这条路线上。然而，他的回忆却不可能属于我。对于他毫无章法的回忆和抒情，我始终不得要领。

跟前两天一样，他来的时候总是穿着那件西服，系着那条领带。我紧张地驾驶着汽车，他说起他家的故事。休息时一定要吃布拉博筒，一谈到政治就脸红脖子粗，在一些不太必要的情况下也照旧踩刹车，依然构思以初雪为题的诗。他反复问：“有好立意吗，作家老师？”我的回答每次都一样：“没有。”我想他差不多也该放弃了，但他好像忘了已经问过多少次，或者压根儿什么都不记得，满不在乎地一而再再而三地说，以至于让我怀疑他是不是在拿我开玩笑。第三天跟前两天有点不一样，他老伴时不时打来电话。我们原来约定一天两小时，一共六天。他说还有别的事，提议延长每天的训练时间，五天结束。我正求之不得，少一天是一天，差点说了声谢谢。

最后一天，我们去了幸州山城。我是第一次去幸州山城。壬辰倭乱[①]，权栗[②]在此大破倭寇，现在这里成了公园。山城入口林立着各色养生保健饭店。他说，第一次买车，就带着全家人来这儿兜风。那天的幸州山城，大部分游客都是老人，不知道周末是

---

① 壬辰倭乱，即万历朝鲜之役，是1592年至1598年间，大明、朝鲜国与日本（丰臣政权）之间爆发的两次战争。1592年，日本太阁丰臣秀吉突然派兵入侵朝鲜，朝鲜节节败退，向宗主国明朝求救。明朝随即派兵入朝支援。这场战争遍及朝鲜半岛全境，曾于1593年议和并休战，1597年再度爆发战事，1598年丰臣秀吉病逝，日军从朝鲜全面撤退，这场日本占领朝鲜并以之为跳板进攻明朝的行动最终失败。

② 权栗（1537—1599），朝鲜王朝将军，在万历朝鲜之役中担任朝鲜军队的都元帅，指挥了以少胜多的幸州大捷。

否也是这样。大部分人慢悠悠地散步，偶尔也有几对恋人在树荫下铺上坐垫，喝起咖啡。他说想吃冰激凌。我跑到山城入口的商店买布拉博筒。回来时，看到他在打电话。

“说过多少遍，别老打电话。我还能在哪儿，路上啊。还是好好管管唯一的儿子吧。什么？想买摩托车，叫他别做梦了。这小子不着调，挂了吧。”

他看见我过来，慌忙挂断电话。跟我对视了一眼，尴尬地笑了笑。之前他吃完冰激凌就唠唠叨叨，但这次却沉默了好一阵。晴朗的天空，温暖的冬日，不远处的老人们偶尔向我们投来目光，气氛显得暧昧。眼前的景致似乎跟时间发生了错位。他还是一言不发，我忙不迭地要站起来。站起来时小腹钻心地疼。月经来了，比平时早了一个星期。学开车可能有点紧张，但也不至于提前这么多。路边摊贩卖的蚕蛹味道很大。山城入口的商店没有卫生巾。

回家的路上，我在便利店买了卫生巾。好说歹说跟店员借到钥匙，用了他们的洗手间。在这个一千万人口的大城市，找过洗手间的人都会知道，借用一下有多难。幸好便利店的店员是女生。内裤上已经沾了血迹。提前一个星期的月经让我措手不及。小腹的疼痛越来越厉害。

在过汉江大桥时，他说要念一下自己的诗，让我说说感受。

他打开皱巴巴的 A4 纸，干咳了两声，先酝酿一番，然后开始念起来。

“初雪。喜迎初雪，恰似寄到前方部队的慰问信。冰凉如顺姬的额头……”

他拿腔拿调地念诗，可我实在无暇听进去。念完，他见我没什么反应，便开口问我。

“怎么样，作家老师？”

“哦。”

“哪怕你是作家也未必听一遍就懂吧？再听一遍。”

“初雪。朴寿童。喜迎初雪，恰似寄到前方部队的慰问信。冰凉如顺姬的额头，让我心急如焚。在这个连山中野兽的号叫声都被冰封的黑夜，回忆像初雪一样翩然而至……”

是一首装饰性的修辞泛滥成灾、情感未经提炼的诗。诗朗诵结束后，他一再催促我回答到底好还是不好。“修改一下也许会好点。”我漫不经心说，既无褒义也无贬义。不过他很开心，显得兴致很高，又问具体应该怎么改，能不能一条一条提出来。小腹的疼痛加剧，就像被尖锐的东西划开皮肉。

“您想听实话吗？”

“没关系，尽管说。”

他很执着。

“初雪这个词重复多次就不好了。想写好初雪，最好不要出现初雪这个词。还有，情感也太肤浅了吧？艾略特说，诗歌不仅不能放纵情感，还要逃避情感。明白吗？逃避情感，如果是我就干脆重写一首。”

“……”

他不说话了。小腹的疼痛仍不见好。他露出明显失望的表情，但我也没再说下去。他像是陷入了沉思，双手交叉放在胸前，闭上了眼睛。过后，叹了一口气，摘下帽子，扫了扫前额，头发稀稀落落。他脱下帽子的侧颜，让我感到很陌生。回家的路上，我们像约好了似的谁也不说话。沉默中，我的腹痛在加剧。

到了家，他送给我一张车贴，上面印着“新手”，字体很大。他说是礼物，亲手制作的。打印出来，做了压膜处理。我说您这几天辛苦了。感到有点内疚，于是问道：

“顺姬是什么人？”

“我老伴。”

他窘迫地说，向我挥了一下手，然后敏捷地绕开停着的车辆，开出狭窄的巷子。路过肉店时，我买了一点牛脊肉。平时是不会多看一眼的，可一到月经期就馋烤肉，也不知道是什么时候开始的习惯。肉质看起来很鲜美，我又去超市买了一些生菜和芝麻叶。

烤肉的时候电话铃响了，是妈妈。妈妈嘘寒问暖了几句，然后问我过年回不回老家。每次节假日回家，我总是被安排相亲，所以从前年开始，节假日就干脆不回老家了。

“又要我相亲？”

“你爸说要拍张全家福。”

“全家福？”

“对，你哥一家也来。”

“这么突然，为什么要拍全家福？”

“拍全家福还要理由啊？再等下去，怕以后永远没有机会了。会来吧？”

“我想想。”

“想什么想……你一定要来。”

肉很硬，跟想象的不一样。

这个故事和费尔南德马戏团没关系，和费尔南德马戏团的拉拉小姐更没关系，事实上它源于一幅画。换句话说，这幅画才是这个既无训诫也无幻想的贫困故事的主题。它就贴在我书桌对面的窗户上。这幅画使用了浓烈的橙色且构图独到。画的右上方是一个年轻女人，用嘴咬着绳子悬在半空，显得岌岌可危。她伸长双臂，勉强维持身体重心。德加作为印象派画家，喜欢画女人，画中的人物大部分是舞女或妓女。不过，主角却不是舞女和妓女，而是画家那趁人不备的、执着的“视线”。德加的视线冷酷异常，画中的模特只能任其摆布。用嘴咬着绳子悬在半空的费尔南德马戏团的拉拉小姐，由于存在众人仰视的目光，而更显得岌岌可危。我在一家装裱店发现这张画，当时便看到了一个女人和她的命运被囚禁在专横的他人的目光中。众目睽睽之下，这个女人既无法上升，也无法下降，只能咬紧绳子，以防掉落下来。

下个月就要过年了。我还没决定要不要回老家。他给我寄来了一份教会刊物。他的诗“迎初雪”就刊登在头版。我知道他儿子喜欢哪一首歌，也知道他老伴喜欢穿什么牌子的衣服，甚至还知道他的女儿们住几平方米的房子。但是我一点都不了解他是怎样一个人。他那首以初雪为题的诗，跟念给我的那首差不太多，“初雪”倒是少了一点。培训结束后，我就急不可待地去洗了一次车，不过最近下了几场大雪，车算是白洗了。窗户上挂着装裱好的德加画作，打开它便一眼看到朋友的福瑞迪。“新手”字样十分醒目。开着它回老家，家人会说什么呢？我想了想，不禁扑哧笑了出来。

您可疑的近况

暴雪。从下午开始遽然而降的一场大雪，让首尔市的大部分干线道路陷入严重的交通堵塞。尤其是江边北路西江大桥至麻浦大桥一段，因路滑而倾覆的车辆，导致交通几乎陷入停滞状态。救助队需要火速进行处理，但犬牙交错的车辆阻碍了他们靠近事发地。强风和降温使积雪迅速冰冻，汉江大桥上的道路难以通行。只有一小段路完成了除雪作业，大部分干道上车辆都不能全速行进，只能以二十公里以下的时速走走停停，时进时退。

如果渴望得到心灵的解脱，您就必须做到：见佛灭佛，见祖灭祖，见罗汉灭罗汉，见父母灭父母，见亲族灭亲族。您只有灭掉红尘中的一切因缘，方能获得一身自由。解脱，乃是其后的问题。倘若您想要白白捞一笔保险金，那您一定要见佛骗佛，见祖骗祖，见罗汉骗罗汉，见父母骗父母，见亲族骗亲族，尤其要骗过我的眼睛。啊哈。正如心明眼亮的您估计到的，我就是靠揪出那些妄图白捞一笔保险金的家伙混饭吃的人。

世界上有两种人：参加保险的和没有参加保险的。没有参加保险的人，十人有十个理由，但参加保险的理由，二者必居其一：一种是像大部分善良的客户那样，怕天有不测风云，防患于未然；另一种便是像部分无耻之徒那样，想不劳而获，大发一笔横财。后者，将保险看作刮一刮便能大发其财的彩票，不惜截掉手指，假装瘸腿，甚至谋害性命。如果您是一个将保险当作彩票的人，您早晚会遇到我。世上自然有一些不行骗就活不下去的人，跟他们见招拆招是我的职业。所以，如果您想通过保险大发一笔横财，我势必会成为您的噩梦。我以您垂涎的那笔保险金起誓：您绝不会失望。

“做噩梦了。”

电话里传来妻子的声音。听到电话铃声我就猜到是妻子，她总是在我最忙的时候打电话。

“我没工夫听你说梦。”

“你坐在巨大的气球里飞走了。我想喊你跳下来，可是我无论如何都喊不出来。真的，一句话都说不出来。”

“这回是气球啊？我不会走的。你不知道梦和现实是相反的吗？”

“撒谎。你跟我面对面说话眼睛都不眨一下，你骗得了全世界也骗不了我。”

瞧瞧。骗得了全世界也骗不了我，这不正是我的工作信条吗？俗话说，近朱者赤，近墨者黑。

“想坐气球飞走的不是我，应该是你吧。”

我完全可以摔掉电话，但没那么做。不用试也能知道，摔掉电话改变不了任何事情。气球，真是讨厌极了。我从小吹气球就无法吹大，因为五岁时患过肺结核。一吹气球，脸立刻变得通红，无论如何都吹不起来。别的孩子的气球总让我怀疑自己的眼睛，它们鼓鼓的，好像立刻就可以轻飘飘地飞起来。我的气球却活像一条被扔到地上的鱼，扑腾两下就泄气了。什么气球！

妻子的抑郁症缘于六年前的一起事故。那起事故有很多说不清道不明的地方。直到今天我仍然坚信那不是一个偶然事件。身边的人安慰我说，那只是走了霉运。但我不能同意这种说法。如果说只是倒霉，我在事故中失去的实在太多了。尤其在那起事故中出现的“偶然”散发着恶臭，那是犯罪的气味。我恨不得当场死掉。我深知不应该在事故多发地带轻率超车，可还是莽撞地踩下了油门。结果，我的膝盖和肘部受到轻微的碰伤，副驾驶座上怀孕八个月的妻子头部出血。事发两个月后出生的女儿至今都说不了话。

“姜代理，伪装半身不遂的骗保案报告书写完了？”

组长问我。

“快完了。”

伪装半身不遂的骗保案是我最近接的。三十多岁的男子声称在交通事故中脊椎严重受损导致半身不遂，申请支付六亿韩元的保险金。被保险人正值从事经济活动的年龄，况且他参加保险时被鉴定分类为优等，保险金数额是相当可观的。他还出示了一家知名大医院开具的诊断书，公司当时已将支付保险金当作既成事实。工作认真细致、能力在业界无出其右的组长，也没提出任何异议。材料无一瑕疵，堪称完美。然而过度的完美引起了我的注意。味道不对。因为是交通事故伤害案，我尤其睁大了眼睛。同事们忠告我不要白费力气，还说世界上的人不都是骗子。我决定相信直觉，一查到底，马上就着手调查。

我同医院方和被保险人谈过，也见过提交诊断书的主治医生，没有找到有价值的线索。能找到突破口的只有现场。事故发生在违章掉头现象频发的地段。被保险人的车正常行驶时，车身被一辆违章掉头的车撞上。肇事车司机辩解称，当时并没有看见直冲过来的对方车辆，被保险人的车是眨眼间出现的。但是这个男人因为自己违章掉头而显得底气不足。在警察协助下，我对事故现场照片进行分析。根据刹车痕迹，测算出了被保险人的车辆遭受撞击的强度。只要翻一翻物理书籍，得出的数据便不会有太大出入。那么，半身不遂的结论无论如何都是可疑的。我找到汽车修配厂，发现车辆已被处理。处理之神速显得反常。调查陷入了泥潭。

虽然没查出决定性的证据，可我没有放弃。发生事故后的这些年，我之所以还能勉强挺过来，靠的就是这种势必要追到天涯海角的执着。公司的同事有一次在酒席上说，那是死不回头的好胜心。不管它是好胜心还是别的什么，我都不在乎。只要能多揪出一个骗子，公司就能多省一些保险金，而我就能多拿一些薪水，可谓皆大欢喜。

遗憾的是这一次胜算不大。我只能拿出最后一招，决定跟踪那家伙的一举一动。没必要对“家伙”这一称呼感到不舒服。对一个骗子这已经算客气了。午饭后，他一个人来到公园呼吸新鲜空气。四肢健全的人，成天躺在床上应该很难受吧。我已经四天没去公司，每天都直接扑到这里。那天，吃完午饭，这个家伙像往常一样从医院出来。我在远处尾随，免得被他发现。他用手转动着轮椅朝公园移动。平时这里人也不多，何况是周中，又是阴天，就更显得冷清。说是公园，其实不过巴掌大的地方，转悠一圈也不到二十分钟。这家伙在步行路上慢慢地转动轮椅。突然，下雨了。雨很大，如一场夏天的暴雨。他好像对眼前的情况很困惑，茫然地看着半空中出现的那些似乎毫无意义的斜线。他突然——我还以为他会抱起毛发稀疏的脑袋——从轮椅上站起来，奔向茂密的树丛。说真的，跑得还挺自在。跑，跑啊。我在心里给他加油。这家伙奔跑的身影被我的便携式摄像机清晰地捕捉到了。保险金撤销。我偶尔会想：这个笨蛋以六亿保险金的代价，究竟保住了几根头发。

把报告书交给组长后，我想抽一根烟，来到了楼顶。昏暗的天空，阴郁地垂落在城市的地平线上，仿佛有什么东西立刻就要倾泻下来。风，不知从何处吹来。我把头掉转过去，面对着风吹来的方向。风，着实凛冽。

那天也是一样的景象。沉沉发暗的天空，反而凸显了事物的界线。那是去江华岛兜风的路上。车道畅通，可是一辆皮卡车却挡住了前方的单行线，慢腾腾地行驶。妻子挺着大肚子坐在身旁，我没办法加速。但那辆皮卡车慢得实在叫人无法忍受，我不禁想要破口大骂。这时，之前对我的喇叭声一直无动于衷的皮卡车忽然闪着尾灯靠向路边，示意我超车。这是一段急弯道，可我在皮卡车的车尾后已经跟了三十多分钟。于是，我想都没想，便打起方向盘，踩下了油门。就在这一刻，令人难以置信的情况出现了：皮卡车突然加速，而对面却冲出了一辆轿车。我拼命向路边打转方向盘。我看得一清二楚：对面那辆轿车上的男司机，突然闭上了眼睛。后来我才得知，他因为这次事故被诊断为腰椎间盘突出，分别从四家保险公司获得了总共二十亿韩元的保险金。皮卡车司机肯定也是他们一伙的。烟很辣。手机响了。

“是爸爸。”

“什么事？”

“我给儿子打电话一定要有什么事吗？”

“正在上班，有事就说事吧。”

“锅炉又出毛病了。也不知道哪儿坏了，温度怎么调都调不高，屋里像冷库似的。技术员刚来过，说锅炉已经坏了，暖气管子也太旧，水不能正常循环。他说眼下锅炉只能换新的，暖气管也需要清洗。还说油锅炉燃料费用高，不如就趁这个机会换燃气锅炉……”

“多少钱？”

“我倒无所谓，就是你妈妈她，每次睡醒都说关节疼……”

“他们说要多少钱？”

“说是一百万左右，具体数字还要跟老板仔细问一下才能知道。”

“那你跟老板问一下再打电话吧。”

“敏儿还说不了话吗？”

“想跟孙女说话，您可能要先学会手语。”

“小孩也没造什么孽……”

“先挂了。”

您说造了什么孽？小孩子甚至还没有来得及学会这个世界的语言，她能造什么孽？如果非要说造了什么孽，她的孽就是来错了这个世界。当初我听医生说“语言障碍”的时候，居然没有弄懂他的意思。我反问，孩子是不是不能说话了。医生表情不带一丝变化地说，是这样。妻子抱着孩子流泪，几度昏厥。

我说，这不是一起单纯的事故，这是一次有预谋的犯罪。但是没有一个人愿意认真听我的解释，甚至还有些人指责我卑鄙地想把自己的错推卸给别人。有心证，无物证。我发誓从此绝不相信活人。我原来在业务部，后来调到主管犯罪案件的调查支援科。我是自愿的。由于我绝不相信活人，很快便在骗保索赔行业崭露头角。妻子从去年开始学习手语。每次看到冲入中央线的交通事故索赔材料，我就怒火中烧。我想用手而不是嘴说给孩子的话，至今还没出现。

“想什么呢？”

他是年初递补进来的朴，看来也犯了烟瘾。他把婚期定在了开春，之后就频繁光顾楼顶。朴的办公桌上经常出现家庭房贷的广告册子。

“已经很久不去想什么了。”

“听说前辈又拿下了一案？有什么秘诀没有？”

“没有什么所谓的秘诀。不过……你要怀疑，怀疑，再怀疑。”

“这就够了吗？ 有一个腰椎间盘突出的被保险人，很可疑，我该怎么判断真假呢？给医生看过 X 光照片。可是他们都直摇头，说单靠 X 光照片，很难判断。”

“在他经过的路口丢一张一千韩元的纸币。埋伏起来，等他弯腰捡钱的时候，用相机拍下来就可以了。”

“如果想把握更大一点的话……”

“那应该？”

“丢一万韩元的。”

“果然！”

朴把没抽几口的烟头扔到地上，匆匆跑向办公室。估计他会带着录像机，急急忙忙地出发。十有八九他会丢下一万韩元的纸币。菜鸟都会过分积极。当初队长传授这招的时候，我丢下的也是一万韩元。不过，一万韩元和一千韩元，效果上没有太大的不同。重要的不是金额，而是纸币本身。如果仅从引人注意这一角度考虑，比起绿色的世宗大王①，也许红色的李煌②效果更好。朴

① 指一万韩元的纸币。

② 指五千韩元的纸币。

说，现在看到悲伤的电影眼圈还会发红。他早晚会为自己不负责任的感性而脸红的。每年保险欺诈造成的损失有五百多亿韩元，就让酒精中毒患者流泪吧。在这个世界上，能用眼泪解决的问题只有一时的感情。起风了，冰凉得令人畅快的风。不知从何方吹来的这股风，好像载着圣诞颂歌。这么快就到圣诞节了？

圣诞节前夜的城市，兴奋得活像第一次收到约会邀请的姑娘。以一毛不拔著称的队长，给每个人发了一张即开型彩票，说是圣诞礼物。办公室一时嘈杂起来，每个人都在闷头刮彩票。我从不买彩票，顺手就塞进口袋里。彩票的主动权完全不在买方，所以我提不起一丝一毫的兴趣。彩票，只有懦弱的灵魂才会趋之若鹜。我驾车驶向木洞小区。刚接到一起案件，正赶去调查。与其无聊地刮彩票，还不如多办一件案子，更有助于年薪考核。

被保险人是家住木洞的三十来岁的女人。巧的是，她和我大学时交往的女孩同名。不仅同名，而且同岁。一让我写报告书，我就浑身不舒服。把屁股搁在椅子上，就会胡思乱想。与迎面而来的车辆发生碰撞的场面浮现在眼前，挥之不去。坐在办公室椅子上鸟瞰灰色的城市，就会涌起一股莫名的怒火。只有在与诈骗犯面对面较量的现场，我才能获得一丝平静。

这起案子原本是朴负责的，我让他交给我处理。“前辈这样的高手，没必要对付这样的小玩意儿吧？”他嘴上贫了两句，不过上次凭借一张一万韩元的纸币着实得了些好处，也就二话没说便把案件交了出来。正如朴说的，这的确是数额很小的案子，办下来也出不了彩。女人声称在浴室里洗浴时不慎滑倒，造成鼻梁骨折，申请给付保险金。参加保险不到一个星期就发生事故，手法很传统。

“朴素妍。一个挺常见的名字。”

朴把相关文件递给我，脸上露出若有若无的微笑。或许那不是微笑，也可能是透过百叶窗的午后阳光，晃到了他的眼睛。参加保险才不到一个星期就发生事故，无论如何都让人生疑。我不相信活人，也不相信偶然。保险公司不是红十字会。我所认识的朴素妍是自尊心很强的人，从来不屑于去做落人话柄的事。以她的为人，不会用一个漏洞百出的谎言——在浴室里滑倒造成鼻梁骨折——申请给付保险金。

朴素妍在家。声称在浴室里滑倒而造成鼻梁骨折的人，正是我认识的那个朴素妍。最后一次见她还是十年前。她要去美国学设计，临行前既没说让我等她，也没说让我不要等她。这是理所当然的，因为那是对于未来毫无确信的年纪。我等你，这句话实在说不出口。交往三年，激动的时候，我也没对她说过：“不能让你一个人走，一起走吧。”朴素妍出国的那天，金浦机场上空笼罩着一层月晕似的薄雾，但还不至于阻止飞机起飞。我已经不记得我有没有一直望着飞机，直到飞机从视野中消失。她到美国后，有一段时间我们仍然保持通信。不过，随着时间的流逝，来往信件渐渐少了。她和我都专注于自己的生活。后来，当我从一个朋友那里听到她的消息时，才突然意识到我们已经分手。朴素妍在鼻梁上贴着绷带。

“不会吧。”

我说我是保险公司的，向她点头示意后，朴素妍忍不住惊呼。面对十年后重逢的前男友，声音既没显得高兴，也不带什么感情。她没有表现出高兴的样子，让我略感失落。而她不带感情的声音，却让我十分满意。

“你说人只要还活着，总有见面的机会啊。”

“是啊。”

“一点没变啊。”

“你看起来还不错。”

由于一些说不清的原因，我表现得不太诚实。她并非一点没变。与传闻中的情况不同，在过去这些年里，她显然过得并不轻松。漂亮的面部轮廓依旧清晰可辨，虽然鼻梁上还贴着绷带，但在布满皱纹的眼睛下方，却有一层明显的阴影，即使勉强露出微笑，也隐藏不住。

尽管是十年后的重逢，却没什么话好说。我尴尬地站在玄关，假装突然想起什么似的从兜里掏出一张名片，递给她。她毫无必要地眯起眼睛，久久盯着名片，那表情仿佛要找出隐藏其中的图画。其实在我的名片上找不到任何东西。细看起来，她好像不是在读我的名片，倒像是陷入了沉思。我不会自作多情地认为，她会关心我这十年的生活。我所熟悉的朴素妍，向来认为对过去念念不忘是一种没有自尊心的表现。如果她放弃当时的信念，我会非常失望。我从前认识的朴素妍，哪怕真的在洗浴时摔断了鼻梁也应该表现得光明磊落。客厅里散乱地放着几个大箱子。茶几上的一包药非常显眼，上面写着木洞药局。朴素妍赶忙说正在收拾东西，但那听起来更像是毫无必要的辩解。

“我煮点咖啡，好不好？”

“浴室在哪儿？”

“哦，对了。你是为这事来的。”

朴素妍声音微微发颤，无可奈何地垂下目光，接着就往浴室走去。房屋内部构造跟普通公寓基本相同，浴室两边是内室和小里间。把浴室门打开，便看到墙上挂着一面很大的镜子，下面是洗漱台和马桶。右边是浴缸。印有水滴图案的浴帘挡住了半边浴缸。我要求朴素妍详细说明滑倒时的情形。她迟疑了一会儿。现场勘查的重点是，严密推敲事发时的情况。现场是诚实的。六年前的事故，假如都被拍了下来，真相很容易水落石出。

“还要拍下来吗？”

“支付保险金前的例行程序。”

我又说了谎。她想要保险金，而我想要真相。朴素妍应该也很清楚我在说谎，很清楚只有借助谎言我们才能勉强面对彼此。朴素妍两臂交叉放在胸前，看着我的举动。二十坪[①]多一点的房子，浴室很狭窄。我移动镜头时，肘部碰到朴素妍的身体。每次被我碰到，她都会全身颤抖。

“淋浴时滑倒的。一下就失去了重心，朝前倒了下去。鼻梁正好磕到浴池上。眨眼间的事。”

浴池表面有一层黑黑的水垢。我往浴池里洒上一点水，然后脱下袜子踏入浴池。朴素妍把头一扭，面朝镜子。镜中，她紧闭着嘴。那一副表情，就算她突然抱怨地说“你有这个必要吗？”，也不会让人觉得奇怪。幸福吗？朴素妍说。也许那是幻听。发生车祸的前一天，大学同学跟我说，她马上要结婚。淋湿的浴池底部滑溜溜的。

“更换过浴帘吗？”

“去年搬进来时挂上的，一直用到现在。”

---

① 一坪约合 3.3 平方米。

浴帘完好无损。如果真是因为滑倒摔断鼻梁，人出于本能会伸手去抓浴帘。可帘子完好无损，没有一处抓破或拉扯的痕迹。朴素妍拿不到保险金。我究竟为什么接手朴的案子，而且还要走到这一地步？我自问。我根本拿不准自己究竟想要印证什么。

“你有没有话要跟我说？”

我给朴素妍最后一次机会。作为她曾经的恋人，想给她最后一次维护自尊心的机会。于我而言，这是一次破例的宽容。虽然不是很清楚她都经历过什么，但她显然已经沦落到谷底，我实在不忍再去了解谷底的深度。

“抱歉。”

我拿不准，她究竟对什么感到抱歉？我心情糟糕地从朴素妍的家里走出时，还在想：鼻梁到底是怎么弄的？

为了证实怀疑，我立刻着手调查访问。楼上估计没人，按门铃也没有动静。幸好楼下有人。我从楼下住户那里得到不少有价值的情报。楼下的女人说，朴素妍家里经常传来两口子吵架的声音。好几次，深更半夜还有拳打脚踢、砸东西的声音，吵得她无法入睡。有一次打得太厉害，还向派出所报过警。女人抚摸着一只看不出品种的大胖猫。她似乎早已对此深有不满，没问到的也一股脑儿吐露出来。

她说，朴素妍的老公是无可救药的赌徒。经常有几个凶神恶煞般的男人找上门来，她说自己就见过好几回，像是讨债的。猫趴在女人的怀里，死了似的一动不动。我问最近他们有没有打过架。她说三天前有过一次，打得很厉害。三天前，就是朴素妍鼻梁骨折那一天。女人好像以为我是刑警。她的误解倒帮了我的忙。我最后问她，附近有没有木洞药局。她说，木洞药局就在地铁站附近。然后说：发生什么事了？声音中暗藏着迟来的警觉，但看不出她为自己说了太多感到后悔。我随口说，没什么事。女人坚决地关上玄关门。我本该感谢她的配合，但我没有。当楼上传来打架的声音，女人大概一边骂着，一边仔细听着；一边用手抚摸着看不出品种的大胖猫，一边支起耳朵。喵。透过玄关门，猫叫声像耳鸣一样传来。

女儿的笑声犹如哭声。每次看到她为了说出一句话而紧锁眉头，哆嗦着抖动嘴唇时，我都不敢直视女儿的眼睛。妻子让我好好看着孩子的眼睛，嚷道：你从她的目光中能知道她想说什么。虽然知道无济于事，我仍然向她抗辩，说这不是一起事故，而是一桩有预谋的犯罪。但妻子说我恬不知耻。我眼睁睁地看着为了说出一言半语而奋力挣扎的女儿，又能抱怨什么。我决定什么都不说。妻子的话来越来越少。变得沉默的同时，她开始做噩梦。最终，她因为严重的头痛症被送进医院。我的上班时间越来越早，下班时间越来越晚。不知从什么时候开始，连休息日也都在公司里度过。

在地铁站附近，我很快找到了木洞药局。木洞药局所在的那幢建筑物，有一家整形外科医院。看来事情会变得略显无聊。果不其然，在木洞药局楼上的整形外科医院，我找到了朴素妍的诊疗记录。诊疗卡上的记录是，殴打导致的鼻梁骨塌陷，此外还有鼻梁修复手术的记录和需要静养一周的医嘱。我复印了诊疗卡。如果楼下那个女人的证言属实，朴素妍肯定是在夫妻争吵中遭到了丈夫的殴打。难道是她丈夫逼她骗领保险金的？可能是用来还债吧。德国的尼采说过，生存——对我们自身变成病弱、衰老的一切是冷酷无情的。其实，对病弱、衰老的一切冷酷无情的，是人。

走出医院时，天上飘起了雪花。对病弱、衰老的一切冷酷无情的大片雪花，争先恐后地降落下来。乌云黑压压的，这场雪一时半会儿停不下来。没有融化的雪，很快会冰封这座城市。无家可归的灵魂在劫难逃，将在骤降的气温中离开这个世界。他们像一张发错地址的明信片，被退回原来的地方。冻死的灵魂变成星星，镶嵌在冬天的夜空——现如今，连小孩子都不再相信这个童话。

我发动了车，手机忽然响了，是朴素妍。她说是按照名片上的电话号码打来的，语气仍带着戒备。她说有话跟我说，希望我能抽出一点时间，面对面聊一会儿。她提议在外边碰头，我爽快地答应了。她家里散落着没收拾完的箱子，我实在不想再去。我们约好在她家小区入口的购物中心二楼见面。我在购物中心的停车场停好车，正要下车时，手机又响了。是我妹妹。她大惊小怪地说，这是今年的第一场雪。今年冬天确实没有见过雪。妹妹说，现在在干吗呢。我说，我正要去看十年前分手的女友。她咯咯地笑着说，真是难得一见啊，哥哥也会开玩笑啦。我忍不住想说，这不是玩笑，但没有说出口。

“你有什么事？说重点吧。”

“哥，我决定要考公务员。”

我妹妹大学毕业三年还没工作。她的口头禅是：人人都出去接受过语言研修而她没有，所以才找不到工作。去年夏天，几次面试落榜后，她说要割双眼皮，伸手跟我要钱。她保证一旦找到工作，就连本带息一起还。我只当是耳旁风。老家的大人们一开始还催她：在家安分守己，待上几年，然后嫁人。后来听说结婚费用至少要一千万，就绝口不提。父亲一辈子在洞事务所[1]摆弄市民申请书，前年退休后越发显得苍老，都快让人认不出来了。

① 洞是韩国行政区划之一，市或区的下级行政单位，事务所是其行政管理机构，相当于中国的街道办事处。

他好像说过，从下月开始就在小区当警卫。妹妹以前发过誓，死也不当公务员，现在却倍加推崇公务员。说如今的世道，三十来岁就被公司劝退，上哪儿去找保障到退休的工作。

“说重点。”

“培训班的学费，还有书本费。”

我问她需要多少，她说一共六十万。两个月综合班的学费四十万，书本费二十万。妹妹说得很详细。我说我知道了，然后就挂断了手机。雪更大了。被强风吹起的雪花，在半空中漫卷，久久落不到地面。雪花拼命地向上冲，似乎知道自己一旦落到地上就会彻底完蛋。如果支起耳朵细听，仿佛能听到雪花们发出的惨叫声。然而，这座不设防的城市却袒露在圣诞颂歌里。我茫然地望着雪花们难解的舞蹈。过了一会儿才明白自己为什么要站在这里。我摩挲着装有朴素妍诊疗卡复印件的文件袋，慢慢走上购物中心的阶梯。没必要着急，刀把在我手里。刀把？想想有点可笑。如今，朴素妍和我并不存在需要割断的牵连。她是嫌疑重大的骗保人，而我的工作是揭露像她这样的人。生意中不能夹杂感情。哪怕是十年后重逢的旧情人，哪怕今天是圣诞节，也没有什么不同。通往咖啡店的阶梯像一段被遗弃的走廊，又长又暗。

“你想说什么？”

喝了一口咖啡，我就单刀直入地问她。她早早就出来等待了。当我进门时，她甚至还很不自然地抬了抬手。我坐到座位上，她的目光仍投向窗外。也许是因为她脱下运动服换穿了套裙，鼻梁上的绷带更为显眼。

“我如果没去留学，会怎么样？”

仿佛是自言自语。

“没想过，说不清楚。”

“那个电影叫什么来着？结尾，一对分手的恋人，在雪中的加油站偶遇。你不记得吗？在男人工作的加油站，女人的孩子从车里走下来。不记得吗？”

“刚才去过木洞附近的整形外科医院。好像叫首尔整形外科吧？”

我把装有诊疗卡复印件的文件袋放到桌子上。

“不是加油站，好像是汽车修理厂吧？”

她仍旧望着窗外。目光茫然，不知看向哪里。她眨了一下眼。

“是我复印的诊疗卡。”

朴素妍表情僵硬，怒视着我。一瞬间，十年前的目光仿佛重现了。但那种目光很快便消失了。

“我说在浴缸摔倒，那不是真的。”

“是你先生吧？”

朴素妍的眼皮好像在微微颤抖。我终于还是向她挥起了刀子。

“你也变了，从前……”

“如果你需要钱，我可以睁一只眼闭一只眼。”

“浑蛋。”

“我来埋单吧。”

我从座位上站了起来。当时，如果她没去留学，我们会怎么样？这个问题和另一个问题的答案是一致的：如果我不让她留学，她会留下吗？两个问题都毫无意义。她没能想起来的电影，叫《瑟堡的雨伞》。最后一个画面好像不是汽车修理厂，而是加油站。

我开车驶向公司。如果上报附有诊疗卡的报告书，朴素妍将无法从公司得到一分钱。她不应该打保险公司的主意，找家庭暴力咨询中心那种地方，也许会更好一点。她打错了算盘。如果气氛好一点，我倒可以给她一些建议。有点可惜。想来，朴素妍是我的初恋。

办公室里空无一人。圣诞节，大家都早早下班了。办公室墙上的壁钟显示差五分七点。我坐到办公桌前，其实不需要急着处理，但还是开始动手填写朴素妍的报告书。被保险人的访谈记录、疑点、寻访调查结果，无一遗漏。从医院取得的诊疗记录，也写得很详细。我十分认真地填写报告书。写好后，又检查了一遍，然后在负责人一栏里签下字。我把报告书放到队长容易看到的地方，离开了办公室。

出了办公室，我无处可去。平常这个时间，我或是跟公司的同事们一起喝酒，或是一个人留在办公室里整理剩下的文件，或者就是在翻看法律书籍和医学书籍。我漫无目的地走出办公室。回家还太早。雪仍在下，层层叠叠的积雪来不及融化就已结冰。我不知道要去哪里，在结冰的路上费力地向前行驶。也正因为不知道要去哪里，所以每到十字路口都会犹豫彷徨。走走停停，发现自己已经来到了江边路。

手机响了。就在我从兜里掏出手机的一瞬间，方向盘突然抖动起来，车体急速向一侧倾斜。我慌忙踩下刹车，反而坏了事。车子原地打转，接着撞到路缘，倒翻在路上。天旋地转。我瞪起眼睛，目不转睛地看着天地不停交替。整个人像被吊挂在单杠上，感到一阵阵恶心。手机还在响。我拽了一下门把，纹丝不动。也许是因为身体离门太近，手臂发不上力。安全带好像起了作用，人倒没怎么受伤。为了不让脑袋碰到车顶，我拉紧安全带。吊挂在倒翻的车里，能做的事情实在不多。手机还在响。我接通了手机，是我妹妹。

“现在在干吗呢？能接电话吗？”

“车翻了，吊挂在里边，不过接个电话没问题。”

“玩笑开大了。如果可以的话，你快一点把钱打给我。培训班下个月就要开课啦。著名讲师的班，明后天报不上名，那就晚了。你受点累，今天把款打给我吧。”

“好，今天打给你。”

“哥，你真的吊在倒翻的车里？”

“没错。”

“哥，你今天有点怪。别吊太久，差不多就回家吧。”

“管好你自己吧。”

我打 119 求救。偶尔有几个路过的司机，和我目光相接，都瞪圆了眼睛看我。他们今天吃晚饭的时候，肯定会喝着酒，和家人、朋友们谈论我。可能还会适当地添油加醋：路过江边路，看到一个傻瓜吊在倒翻的车里打手机，打得还挺来劲。谁要是想拍“驾车打电话危险”的公益广告，就该把这个场面拍下来。

头部充血，眼睛发干发涩，脖子也僵了，但还不至于惨叫或者昏厥。手机又响了。是爸爸。说的是钱。他说了更换锅炉的费用，然后还说，之前使用的银行卡收费太高，让我把钱打到另一张银行卡，大声念起了银行卡的卡号。我告诉他，现在不方便写字，过后再打。爸爸语气严肃地问，现在为什么不能写。我说翻车了，吊挂在车里，让我怎么写啊。爸爸叹了一口气，很重也很长。他说过一会儿再打，然后把电话挂了。

看不到救援队的影子。突降大雪，他们也有难处吧。车窗被一层白蒙蒙的雾气蒙住。我用手来回擦车窗。从头顶流过乌黑的河水。白色的雪花像吹胀的气球，轻飘飘地落到河水上。我眼巴巴地看着不知流向哪里的河水，蓦地想道：如果有人陪我聊一聊该多好。聊什么都无所谓。有个东西从兜里掉下来。队长的圣诞礼物，即开型彩票。我想反正也无事可做，就用指甲刮起彩票。手机响了。看了一眼来电显示，是家里的。电话接通了，可什么都听不到。

“谁啊？”

仍然没有回应。可能是因为信号不稳。我准备挂断电话，但又把听筒贴紧在耳朵上。仔细一听，好像有微弱的声音传来。像从一个遥远的地方微微传来的鼓声，像一个竭力倾诉的声音。是女儿的喘息声。她发出的声音无法形成语言，只有断续的咿呀之声。她继续发出咿呀咿呀的声音。那是没有任何意义的声音，像一个刚刚学话的婴儿。我对着电话大喊孩子的名字。然而那端仍旧只传来一些没有意义的声音。不久，电话断线了，我开始抽泣。也许是在我抽泣时断线的。我强忍着涌出的泪水，继续刮彩票。警笛声从远处传来。

浪漫叙事及其敌人

1. 我和她相识于剧场。准确地说，我在剧场里偶然遇见了她。然而，对她来说，重要的不是剧场，而是偶然。不管那是在飞越大西洋的飞机上，还是在小区陡坡上行驶的公交车里，对她而言都没有区别。我们相识于漆黑的剧场。有时我甚至怀疑，那是对我们未来结局的预示：我们最终发现，曾经瞪大眼睛四处追寻的，不过是一个影子。在此后很长一段时间里，我都无法逃出柏拉图的洞穴。每次被问到我们相识的过程，她总是露出淡淡的微笑说：那纯粹是一次偶然。如果说，重复的偶然是必然，那么多少次偶然叠加在一起，才能称之为必然？根据经验推断，这因人而异，也因时而异，所以只能就事论事。然而在爱情的浪漫想象中，偶然升华为必然所需要的充分条件，总是被大打折扣。于是，热恋的情人们不顾一切地把一次偶然美化为必然，犯下逻辑断裂的错误。这不能怪他们，因为爱情是反逻辑的。

2. 钟路三街的剧场，如今已变成一家崭新的多厅影院。我们就是在那里不期而遇的。我已经不记得看的是哪部电影。她很不高兴，一有机会就帮我回忆电影的名字，可是过不了多久，我还是忘得一干二净。她对琐碎的细节有着惊人的执念，不仅记得剧场的座位号，还记得我那天穿的衣服。你穿了牛仔裤和黑色T恤，你记得我穿了哪件衣服吗？在恋爱中诚实是下下策，所以有必要发挥想象力。你那天穿了粉红色开衫，棉布裤。你那天穿了水滴图案的连衣裙。我虚构了她在十五年前某一日的穿着。但这一虚构不仅没有嵌入我的记忆，反而从记忆中不停滑落，最后离真相越来越远。不过，她默认了我的谎言，甚至享受着我的谎言。其实，她需要的不是事实，而是体贴。

3. 虽然不记得片名，但我可以肯定那是一部浪漫喜剧。总有人问起我们相识的经历，在我贫乏的记忆中，它时而是《当哈利遇上莎莉》，时而是《漂亮女人》，时而是《诺丁山》。提问的通常是女性。她们好像发现了浪漫的蛛丝马迹，拉过椅子坐到我旁边，兴奋地聊起提到的电影，或者跟电影有关的极其私人、琐碎的记忆。太巧了！那电影我看了三遍，理查德太帅了，那是我跟初恋看的最后一部电影。也有人理性地指出逻辑错误。电影是哪年上映的，能是那部电影吗？极少一部分人，听过片名后一脸疑惑。如果不是让人大呼过瘾的反转悬疑片，我是不会去看的。那天我究竟为什么去看了一部浪漫喜剧片？好像有人给了我招待票，又好像是去消磨时间了。

4. 曾经有人说，“从前”包含着构成“现在”的全部信息。然而抛开这一点，这些巨量信息都是有害无益的。我之所以要回溯简陋的记忆，搬出十五年前的事情，就是为了向自己解释“现在”是如何构成的。十五年前的那一天，在钟路三街的剧场，究竟发生了什么事情？如果不是让人大呼过瘾的反转悬疑片，我是不会去看的。可我为什么偏偏走进了放映浪漫喜剧片的剧场？好像不是有人给了我招待票，也不是为了消磨时间。有可能是我看到带头参加示威的前辈遭到警方逮捕，便仓皇逃出人群，跑进了剧场。应该是声讨“三党合并”[①]的示威。进入剧场后，我发现电影已经开始。如果是现在，领座员会提着手电筒帮你找位置。但当时的剧场老板们，听都没听过所谓的新自由主义和国际标准。

---

① 1990 年 1 月 22 日，执政的民主正义党和在野的统一民主党、新民主共和党宣布合并建立民主自由党。

那个年代，大家还不知道 IMF[1] 为何物。甚至有人抗议好莱坞电影配给制，在剧场里放蛇。

5. 借着一次性打火机的微光，我蹒跚地走上台阶，好不容易才找到座位。可已经有人坐在了那里，是一个和我年龄相仿的女孩。对不起，这是我的座位。她不停地往嘴里塞爆米花，紧盯着银幕。这倒让我可以摆脱害羞，认认真真地看她的面容。她的脸，在投向银幕的散乱光源中，显得平淡而美丽。那不是让人躁动的美，而是使人平静的美。这是我的座位，她仍盯着银幕说。我怀疑自己看错了，反复核对电影票上的号码和座位号。确实是我的座位。这时她才从银幕上收回目光，看了看我。十九世纪的小说里，只要有人物登场，作者便会不吝笔墨地描写出场者的外貌。如果是主人公，就更不在话下。眉毛的密度、眼睛的形状及颜色、鼻梁的角度、下颌线、衣着、气色，都被描写得纤毫毕现。十九世纪的作家受到经验主义、进化论和产业革命的洗礼，把直观呈现视为真理。不知经济萧条为何物的江南整容医院和价格飞涨的进口奢侈品，都在有力地证明十九世纪的时代精神依旧没有过时。不过需要强调的是，吸引我的不是她的外貌。的确，

① IMF 指国际货币基金组织。此处指代 1997 年亚洲金融危机。

她的外貌让人产生好感，但一起走在街上还不至于让人感到压力。对她的外貌，没必要多费笔墨展开十九世纪风格的描写。她的美，在触手可及之处羞涩地发光。

6. 爱情始于诱惑。在动物世界中，诱惑力专属于雄性。雄性比雌性长得花哨，肯定是出于诱惑雌性的需要。至于人类，诱惑力却不专属于男性。在诱惑的层面上，男女是平等的。因为它只靠语言。爱只能通过语言表达吗，通过眼神不行吗？你不说出来人家怎么知道？这是俗套的对白。爱情的俗套化，很大程度上源于制度与习俗。为了避免社会的基本制度发生动摇，只有那些经过环境筛选的爱情形式才生存了下来。你不说出来，诱惑便不能成立。所以不要再神化眉目传情，弄不好会被人当成痴汉。俗套的语言仍是有效的，因为我们还未发明出它的替代品。想不想一起喝杯茶（咖啡）？一杯茶（咖啡）可以转喻为：封闭的空间、隐秘的视线和语言，以及制造温馨氛围和帮助我们忍受沉默的饮品。在电影《心灵捕手》中，男主对刚认识的女主说，想不想吃焦糖？女主问，焦糖？男主说，焦糖像咖啡一样朦胧。诱惑是朦胧的，因为需要刺激想象。由于剧场的失误，手持相同座号影票的两个人，开始发动各自的想象：这一偶然究竟意味着什么？我痛快地承认了她对座席的占有权。为了不使“一杯茶”的邀请显得突兀，骑士风度的谦让是必要的，这是诱惑的“前文本”。不知是运气好，还是运气不好，剧场里座无虚席。我蹲在台阶上看完了这部后来连片名都想不起的浪漫喜剧。历经千辛万苦冰释前嫌的恋人炽热地接吻。电影结束，灯光亮起。这时她跟我说，对不起，但我也不是故意的。我拍拍屁股站起来说，喝杯茶吧。浪漫叙事由此开始。

7. 第二天，我又看了一遍那部浪漫喜剧。喝完咖啡，我结了账。她说要给我买一张电影票，让我舒舒服服地看一场，还说自己生来不喜欢欠人情。巧合的是，电影票和咖啡价格相等。平时电影票比咖啡略贵一点，不过她买的是早场打折票。那杯咖啡与打折票实现了等价交换。的确是不错的买卖。恋爱初期赠送的小东西（比如在街上买的发夹），其使用价值并不取决于商品价值。发夹这个小东西既能让她想起你的温存和你脸上的笑容，又能把她的注意力吸引到你身上。就商品经济秩序而言，最大的威胁来自爱情。

8. 她声称“天生不喜欢欠人情”。这一画蛇添足式的注释，起到了欲盖弥彰的效果。像是给赤裸的欲望披上了面纱，却反而强化了情感的朦胧，挑逗起更大的诱惑。第二天，我旷课去看早场电影，发现她就坐在旁边。看着她吃爆米花的样子，我突然想，结婚就找她了。这是在第一次见面的十九个小时之后。我只能说，她嘴里塞满爆米花的样子太可爱了。当时我十九岁。

9. 她的专业是数学。我问她为什么要学数学。她答，因为清清楚楚。回答得斩钉截铁，自信满满。是出于专业自豪感的不容置疑。她问我，你知不知道我们人类为什么用十进制。我从来没想过这个问题，只好坦言不知道。那现在就开始想想吧，她说。我想了一会儿说，想不出来。因为人有十根手指，如果人类只有两根手指，一定会用二进制。假如外星人发来信号，就算我们不知道他们的位置和长相，至少也能知道他们有几根手指，她咯咯笑着说。一笑，嘴唇里露出一颗羞涩的虎牙。她好像意识到了，笑容变得不自然。造成齿列不齐的那颗奔放的虎牙和不自然的笑容，深深迷住了我。

10. 想象她捋着长发做微积分和三角函数的样子，是一件令人兴奋的事情。幻想对象并不局限于丝袜、涂油的指甲、高跟鞋。虎牙和数学也可以成为恋物癖的对象。

11. 雄性恐龙和雌性恐龙之间存在友情吗？男女之间纯粹的

友谊是不大可能的。友情是选择性的情感。喜欢一部分，不喜欢一部分，友情照样可以成立。然而爱情是非黑即白的情感，不是对这部分或那部分的爱，而是对全部的爱。在热恋中的情人眼中，对方额头上的粉刺都是独特性的证据。可以不在乎她额头上的粉刺，但绝不可憎恨粉刺。友情可以忍受冷淡，但爱情不能。所以爱的反义词，不是恨，而是冷淡。

如果男女之间存在友情，我们人类早就因嫉妒和痴情从这个星球消失了。十五年前，有一段时间，我对所有周围的女性都漠然视之。这显然可以证明我是真的爱她。也许。

12. 普罗提诺说：太一为万物之源。没有太一便没有万物。这就是“太一流溢说”。十五年前，世界的一切神圣自她流溢。只有与她相关的，才能从无名的深渊中得到召唤。首尔剧场是第一次和她牵手的地方，瑞凡·菲尼克斯是她最喜欢的演员，锅巴汤是她最爱吃的中国料理，披头士的《Let It Be》是我和她接吻时响起的歌，“内野高飞球”是她搞不懂的棒球规则。一切神圣缘于一颗虎牙，一切意义归于浩瀚寂寥的宇宙中唯一的她。因为牙是她的缺点，所以这个世界才有可能成为莱布尼茨所说的完美世界——“众多可能的世界中最好的一个”。至少，在她毫无征兆地戴着牙齿矫正器出现之前。

13. 我跟她解释足球的“越位规则”。那是一九九〇年，在我的出租房里，我们一起看意大利世界杯决赛。进攻球员接球时的位置，比最后一名防守球员距离球门更近，就是越位。为什么？她一脸天真地问。我含情脉脉地看着她那一排被虎牙破坏的齿列，说，球员集中在球门附近，会导致进球过多。进球多不是更好玩吗？我微笑着对她说，第一，是为了避免球员集中在球门附近，第二，是为了更有效地利用球场面积。就是说，没接吻、没摸胸就直接想进入的家伙。她这样解释“越位”，声音里充满愤怒。我一面赞叹她的聪慧，一面暗自吃惊。阿根廷的希望马拉多纳，已经不是四年前在墨西哥时的马拉多纳。而发誓要将光荣献于统一祖国的德国人，则斗志昂扬。德国是冠军。没等比赛结束，我就急不可待地抚摸她的身体。性心理学家们说，男人因性而爱，女人因爱而性。对于男人而言，性是爱的本论；而对女人而言，性是爱的附录。当我的手伸进她的内裤时，她正色道：你有多爱我？我心急火燎地说，等于世界上最长斜边的二次方。东西德都能超越意识形态合二为一，咱们也赶紧合二为一吧。她一件一件穿上衣服。断然说道，你这是越位，现在还不可以。

14. 完成了证实爱情的若干步骤后（长达三年之久），我们上了床。几天后，她戴着牙齿矫正器出现在我面前。她说，我每次注视她不整齐的牙齿时，她都感到难受。我说过，虎牙是你美丽的焦点。我知道你这是安慰我，怕我失去自信，不过还是谢谢。一旦坠入情网，即便是世上自我意识最强的人也会丧失自我。当你放弃高冷，自惭形秽时，对他或她的欲望反而以几何级数暴涨。所以，你能美化对方的缺点，却无法容忍自己身上不起眼的缺点，执意要矫正。恋爱初期的高冷荡然无存，转而心甘情愿地迎合对方的期待。这确实是陷入热恋的证据，却让他或她的魅力急速衰减。我开始怀念她露出虎牙的样子。接吻时，牙齿矫正器成为巨大的隔阂，我仿佛在舔一个铁块。多久才能卸下来？两年，才 730 天，17520 小时而已。我卸下它的时候，你要守在身边。她的玩笑让我茫然无措。最终，我还是没有看到她卸下牙齿矫正器的历史性时刻。就在她出入牙科医院的第二年，我们分手了。

15. 爱情不是对她的爱，而是对爱情的爱。所以，分手时的痛苦，不是因为失去了恋人，而是因为失去了爱情。分手后，让我痛不欲生的是她的微笑，她的嘘寒问暖，我看其他女人时她的嫉妒。我爱（欲望）的对象不是她，而是她对我的爱（欲望）。分手那天，她说，她想找回自己。

16. 羞耻源于屈从。这是罗兰·巴特的话。她声称要找回自己的时候，嗓音因羞耻而发颤。那是真实的告白，所以是动人的。准确地说，她要找回的不是自我，而是自尊。然而那恰恰是我想说的。每次企图以肉体关系验证爱情的时候，我都因自惭形秽而懊恼不已。为了验证自我而贪恋她的身体，就得迁就她的月经期、她的心情和她的状态。分手前几天我和她大吵了一架。她说，你现在都懒得吻我。是牙齿矫正器的问题。牙齿矫正器极端强化了她肉身的物质性，驱逐了灵魂，使我们的关系堕落为“自动化”。分手时我说，我真心爱过你的虎牙。说话时声音颤抖，让我有些难为情。她全身一震。我意识到，那是第一次真诚表白。

17. 我爱她，爱她的圆周率，她的加减乘除，她的二次方，她的绝对值。

18. 精神上的成熟是以肉体上的痛苦为代价的。和她分手的那天晚上，智齿的疼痛让我彻夜未眠。具体而清晰的疼痛，使精神高度集中起来。我的牙痛，比这个世界的存亡更为迫切。天刚蒙蒙亮，我就跑到了牙科医院。医生朝我的口腔看了一眼说，怎么拖到现在才来。我不知道那是担心还是责怪。我说，快点拔掉。拔掉智齿不是简单的工作。照了X光，牙根长得过深，先要切开牙床、粉碎智齿，才能拔得出来。医生给我看X光片，好像是为了证明自己的判断。疼痛的根源像被压抑的欲望一样幽深而隐秘。牙根在看不见的肉里埋得很深。看不见的牙床上居然有这么大一块东西，让我又怕又羞。医生好像从我的脸上读到了恐惧，忽然变得和蔼。不要担心，很快的，他的语气慈祥而威严。然而，过程并不像他夸口的那样简单，他费了好大劲才拔了出来。拔出智齿的牙床上，留下又深又黑的洞。

19. 我带走了三瓣智齿，其中一瓣黑得不成样子。我用牙刷认真清洗，把它们放进小盒子里。偶尔拿出来，像拼图一样组合起来。看着组合为一体的智齿，感觉心平气和。我孤独（因为摆脱了对她的欲望），因而回到了世界中心。

20. 任何一项选择都有机会成本。怀念离开的恋人，正如对远方的向往。为了索回自尊心和出于孤独付出的机会成本，随着被索回的自尊心和孤独的边际效应的递减而递增。我不能再去找她。我深知，我渴望的无非是能够提供刺激与心动的、新的存在论意义上的冒险。冒险的客体，不一定非得是她。我偶尔也会想念她。想念她的时候，我就回想牙齿矫正器，这帮了我不少忙。我也想象过偶遇，如果是偶遇，便可以不去伤害彼此的自尊心。

我一直认为这是唯一的，也是最好的方式。与她重逢的地方是银行，果然是偶遇。她现在是牙齿整齐的银行职员。

21. 你怎么会到这儿来？她神情愕然。我们的重逢需要一系列复杂而精巧的因果链。首先，我需要成为他们银行附近一所大学的讲师，那所大学又因故需要更换交易银行。其次，我之前不能在她任职的银行拥有账户。而我忘带了图章没能申请账户的那天，恰好又不是她的值班日。更巧的是，她任职的那家银行的一个支行就在我家附近。重逢那天，我正要走进那个支行，突然看到公交车驶入了停车站，便慌忙调转脚步飞奔上了车。尽管我们的戏剧性重逢存在叙事情节结构的支撑和因果链的支持，但我在银行窗口重新发现她的那一刻——正如十五年前在剧场那样——“偶然”的黑洞仍将一切吞噬殆尽。更何况由于人事调动，她下周将前往异地任职。这就为偶然重逢的戏剧性提供了不容置疑的证据。我也十分意外，问道，你怎么在这里？

22. 分手四年后重逢，她已经变成了另外一个人。发型变了，化妆的水平提高了。经历过许多事情，灵魂有了质的飞跃。更重要的是，她不再戴着牙齿矫正器，但这还不足以充分说明她的变化。跟过去不同的是，她微笑时自信地露出了牙齿。确实，我能感受到她的自信，那是对自我的确信，对工作的热情。她的制服就是这一切的“客观对应物”。制服赋予了她稳重和精致。申请账户时，我假装无心地偷看了她的手指。手指上没有任何象征誓约的标记。我突然心跳加快，便问，什么时候下班？

23. 我记得有一个女生，大学四年里只穿短裙。和我们同系，不仅漂亮而且学习成绩优异，吸引了不少系外的男生争先恐后地来听我们的课。大部分男生只敢围在她身边徘徊，不敢搭话。不过我对她没有一点兴趣。毕业后，有一次我无意间翻看毕业相册，着实吃了一惊。我费了一会儿工夫，才从团体照上找到了她。因为在照片中，她穿着一条长裙。那天，我翻看毕业相册，兴奋地想象着隐藏在长裙下面的那双大学四年里见过无数次的腿。这前后的变化来自学校制服。制服隐藏了个性，反而刺激了好奇心。制服的非个性化，使熟悉的旧情人摇身一变，成为谜一样的女人。

24. 越不过去就要绕着走。这是浪漫叙事主人公必须牢记的一条箴言。然而浪漫叙事的主人公都是一根筋，遇到障碍物也不懂得绕着走。对他们而言，障碍物是道具，是一件让墙后面的对象越发神秘的道具。丑闻（scandal）的词源是“把人绊倒的石头”。然而，制造丑闻的不是障碍物，而是只顾盯着墙后面而不留心脚下的人。所以，善于等待的人不会受到浪漫叙事的邀请。浪漫叙事展开的过程中，最大的困难是我，是我的急躁。她是曾经的恋人，这很可能让我丧失警惕。今天有聚餐吧，隔壁窗口的男职员说。聚餐什么时候结束，我不应该这么问的。如果提到聚餐的是她，我也许就不会说话。隔壁窗口的男职员显得年轻、干练。她迟疑了一下，让我写一个联系方式，说今天有事，回头再联系。写电话号码的时候，我知道那个年轻人在看着我。我感受着他的敌意，狠狠写下了电话号码，写得大大的。

25. 所有歌颂“等待”的优秀文本，都在一面诅咒等待的荒唐，一面赞美等待的刺激。等待的吊诡之处在于当事人的矛盾心理：一方面希望它持续下去，一方面又希望它尽快结束。当天晚上她没来电话。第二天、第三天还是没来电话。我也想过去银行，偏偏第二天是公休日，第三天是星期日。她说，下星期一要被派去另一支行工作。我不时确认手机有没有开机，还把铃声调到最大。等待她的那个周末，白天和黑夜都显得格外漫长。等待中，我想象着那位只给我留下模糊记忆的男职员。在我的想象中，他是她的恋人、追求者和情夫。那是难以忍受的想象。也正因为难以忍受，才让我欲罢不能。我经受着自虐、自厌，想象他们含情脉脉、推杯换盏。尼采说，憎恶自己的人，热爱自我憎恶的自己。于是我憎恶自己，并毫无保留地热爱自我憎恶的自己。这样，我才能在想象中比他优秀一点。我希望我的等待不要轻易结束。在整个周末的白天与黑夜，我隐隐感受到了愤怒，但还不至于不能忍受，或许我还在享受着它。

26. 当你发现恋人或爱人出轨时，最危险的是亲眼确认了出轨。在那一刻，“出轨”将转变为既成“事实”，再也没有回头路。此后，他们就成为由你编剧、导演和偷窥的狗血剧主人公，肆无忌惮地饰演自己的角色。让你因愤怒而丧失理智的，不是恋人出轨的事实，而是想象。想象他们的眉目传情，甜言蜜语，披头散发，指尖相触。想象中，我和他的竞争发展为超限战，最后竟然不分彼此。甚至在路过银行门口时，我好奇的也是男职员，而不是她。在受虐狂式的等待中，他俨然成了我的兄弟。一周后，我接到了她的电话。她说刚到新支行，一直忙于适应，抽不出时间打电话。我强忍着内心的喜悦，故作轻松地说，是吗？我也是，给学生的课题评分，忙得不可开交。

27. 重逢的我们，像约好了似的闭口不谈过去。那是经历过一次失败的人，深思熟虑后采取的欺骗性战术。演戏不是为了让她产生初次见面的错觉，而是为了让自己相信她是和自己初次见面的人。这确实是欺骗，不过骗的是自己。它缘于焦虑，害怕重复过去的失败，希望今时今日不再受到过去的影响。受困于“影响的焦虑”的灵魂没有未来。准备重新开始的恋人，应该警惕必然论。必然论的悲剧，皆源于对存在的喜剧化。熟知神谕的观众，对俄狄浦斯的独白和苦楚的表情心生怜悯。然而，怜悯也许能让婚姻维持下去，却不能延长恋爱的期限。必然论的封闭结构，让即将到来的日子堕落为“旧的未来”。寄生于不确定性的恋爱，视必然论为天敌。

28. 进制的悖论与欲望的结构，像一对双胞胎。二进制没有数字“二”，十进制没有数字“十”。也就是，二进制用数字 0 和 1，十进制用数字 0 到 9。在二进制中，1 后面的数字不是 2，而是 10，之后是 11，再之后是 100，而不是 12。同样，在十进制中，9 后面不是能表示“十”的个位数字，而是 1 和 0 的集合体 10。达到极致，即重归于零。简而言之，二进制不存在“二”，十进制不存在“十”——它们是以其不存在而存在的数字，没有达到极致却成为极致的数字。欲望得到了极致的满足，我们就要陷入饥渴。于是，为了防止陷入饥渴，我们只能尽量推迟达到极致的时间。她早已过了适婚年龄，我逃避明确的承诺，以此延迟浪漫叙事的落幕。

29. 自从故事被发明以来，多如繁星的浪漫叙事策划人一直为结尾方式而苦恼。在数不清的变体中，最终只留下了两个。所以浪漫叙事结尾的优良品种只有死亡和婚姻。哪怕最具独创性的罗曼蒂克主人公的浪漫叙事，最终也只有死亡和婚姻两种结局。死亡形式有自杀、交通事故或者不治之症。死亡的主人公因死亡而永远排除了婚姻这一选项，从这个意义上来说，死亡本质上是“夭折”。婚姻和猝死可以一举解决罗曼蒂克故事中存在的问题，因而受到大力追捧。然而婚姻事实上并没能解决问题，只起到了暂时遗忘的作用，仅仅是“想象性解决”。我和她的浪漫叙事，就像狗尾续貂的剧集，通过推迟选择结尾而勉强持续。有一天，她很严肃地让我在结婚和分手之间做出选择，说不能再拖了。那是我们重逢后的第二年。我们的浪漫叙事的女主人公宣布，如果不尽快确定结尾就要罢演。那是明确无误的最后通牒，而我显然不能选择死亡。

30. 结过一次婚的人都知道结婚有多麻烦，甚至让人彻底断了二婚的念头。我一边修改喜帖上婚礼地点的公交车编号，一边想：有效降低离婚率的，不是婚姻关系咨询机构或社会舆论，而是累人的婚姻程序。从金浦飞往济州岛的班机上坐着一群男女，性别比例为一比一。在飞机上，我看到了浪漫叙事千篇一律的结尾。男人们把已成定局的浪漫叙事冷落在靠窗座位上，偶尔偷瞄几眼作为机会成本付出的其他浪漫叙事。只有一个例外。他坐在靠窗座位上，痛苦地抱着头，好像在喜宴上醉得很厉害，而旁边的女士则显得紧张兮兮。到了济州机场，等行李的时候我又吃了一惊。传送带上的旅行箱几乎都是同一款式。很明显，那是购买电视机、洗衣机、电冰箱时附赠的礼品。只有少数几个行李箱的把手上绑着手绢，应该属于旅行经验较为丰富的人。结果，有人错拿了旅行箱，有人误开了行李箱，好几对新婚夫妻一度陷入尴尬而面面相觑。那天，传送带上运来的不是旅行箱，而是仿照美国一家汽车工厂的管理方式，批量生产、批量消费的规模化商品——婚姻。

31. 婚礼第二天，我们在住宿的酒店吃自助餐。周围的客人，无一例外都是新婚夫妻。这里至少不存在经济上的不平等，所以每一个人都显得很有品位。根据社会契约，在未来的三天四夜，他们将在这里消费婚姻这一属于人生大事的商品，并给浪漫叙事画上最现实的句号，这也是对以后漫长的婚姻生活的慰藉。只要不出现离婚或死亡就要继续下去。每张桌上都点着各色蜡烛，台上四人组管弦乐队在演奏着音乐。我们俩一盘接一盘地吃着。有的夫妻只吃了一盘，就动身离开。我推测，吃多吃少跟食欲无关，倒是跟恋爱时间成正比。那对夫妻吃得很少，马上要了一瓶高档葡萄酒。相信他们从相亲到结婚，没见过几面，另一个有力的证据是他们身上的正装。看着眼前垒起的盘子，我感受到了和她相处的时间长度。岁月的重量使我悲从中来。重逢后，在进一步发现彼此的过程中，那些曾经努力想要遗忘的旧时光，又突然浮现在眼前。默默凝视着烛光下空盘的影子，我感到自己糊里糊涂地活了太久。吃完饭喝咖啡时，她说，我想提前退休，你说好不好？为什么？听说要机构调整，现在满城风雨的。你不是很喜欢现在的工作吗？早烦啦，一看到数字，就犯恶心。那你以后做什么？我想先休息休息。我说不出的那句话是：你的制服呢？恍惚中，我感到似曾相识。当年她戴着牙齿矫正器出现时，也是这种感觉。我好像在看一部已被剧透的电影。

32. 社会学学者们声称，近代以前，婚姻这项契约与性魅力无关，主要考虑的是经济条件。现代人热衷消费的浪漫叙事异口同声地说，去爱吧，不要在乎经济、身份差异。然而在现代浪漫叙事中，男主人公的经济实力和女主人公的性魅力却光明正大地进行交换，而其中的性歧视，则被隐藏或正当化。婚姻是商品经济的一部分，所以商品就要控制对自身构成最大威胁的爱情。这时我才恍然大悟，在她辞职前，制服是欲望符号，而在辞职后，制服是经济符号。正如我所担心的，脱下制服后，她的魅力便迅速衰竭。她把退职金委托给了定期信托。我不得不去辅导班教书，仅靠大学临时讲师的收入是无法生活的。

33. 结婚三年后，我和她离婚了。确实，不能怪任何人。离婚程序比结婚简单。我们没有孩子，也没有多少财产可分。简单得都让我怀疑是不是真的离了。普鲁斯特说：知道这一切不过是幻觉，生活才开始有了意义。数不清的浪漫叙事都以盛大的婚礼作结，这从反面说明，“永恒的爱情”只是一种幻觉，是一种意识形态。我们从失败的爱情中得出这样的教训：责任在于人，而不在于爱情。这导致我们不从爱情本身去找原因，而从对方或自己的身上找原因。我们互道一句：咱们好像没有缘分。通过自我怜悯和自我憎恶，关于爱情的幻觉，又从废墟中得以复活。

34. 我现在站在一幅画前。地点是首尔市立美术馆。马克·夏加尔的画作《蓝色风景中的夫妻》就挂在眼前。夏加尔把恋人的面孔涂成了绿色。在希伯来语中，绿色象征幸福和幸运。有人慢慢地朝画作走来。是她。这是第三次偶然。她也喜欢夏加尔。离婚后第一次见面，她恢复了生机。从容不迫，洋溢着生活的自信。气色不错啊。你也是。是谁？她指着我身边的女人说，眼睛里散发着天真的好奇。表情就像十五年前在剧场里我要求让座时一样。我身旁站着几天前朋友介绍的女人，正专注地看着画。我迟疑片刻说，是普通朋友。她微笑着递给我一张名片。开了一家店，下周开张，有时间过来坐坐。我看了一眼名片。日料店哦，是你亲手做吗？才刚开始，还在学呢，我约了个人，先走啦。她朝我微笑，转身向大厅走去。我看着她，直到她的背影从视线中消失。我在夏加尔的画前想象她用生鱼片刀切海鲜的情形。她的那份独特来自哪里？她的魅力是如何复原的？

35. 罗兰 · 巴特说，创造性既不来自对方，也不来自我本人，而在于我们的关系。所以，为了光芒闪耀的爱情，你需要的不是她或他，而是与他或她的创造性关系。假如我从她身上发现了新的魅力，那么这份魅力并不来自她，而是来自和她的关系。不过问题还没完，这种光芒闪耀的创造性关系的实质又是什么？而且为什么偏偏是和她的关系？我在挂满夏加尔作品的画廊，陷入了爱情的终极疑问。和她相处十五年，经历过分手、复合、结婚和离婚，还是不能轻易回答。不过有一点可以肯定，下周我一定会去她的日料店，带上一个花篮。她仍充满魅力，我还能要求什么。

张国荣死啦?

2003/4/12　23:35:29　点击：121　推荐：37

听说张国荣死了。也许那是谣言。数以亿计的虚妄之物寄生于大众的好奇心，在网络上野蛮繁殖。于是，未经证实的消息像幽灵一样四处游荡。匿名的群众则将汗湿的手指搭在鼠标上，一边死死地盯着显示器，一边迅速地消费知名艺人的丑闻，同时也更加迅速地将丑闻扩大再生产。在那些被迅速消费的丑闻中：一位担心演出迟到的女歌手，超车时被一辆迎面开来的汽车撞上，导致头骨骨折；一对已经分居的艺人夫妻，因抚养权纠纷而互揭老底。为平息谣言，他们需要举行记者招待会澄清事实，证明自己毫发无损；或者，携手现身明星资讯频道，秀他们非同一般的恩爱。“这种事情怎么可以发生在我身上”，有几个人说着说着还哭了出来。然而，在他们泪迹未干的时候，人们就已经将他们从记忆中删除。这种事情可以发生在任何人身上，所以也就不能怪罪任何人。但是，在这些谣言中找不出一丝一毫的恶意，如果一定要说有什么问题，这便是问题。

在那个难辨谣言出处的空间之中，没烧过火的烟筒里偏偏冒出一股烟。不过没有人会真去看一眼灶坑。在那个地方，压根儿就只有烟筒，而没有灶坑，大可不必为了确认火苗究竟是否存在而熏红自己的眼睛。所以当我从网上看到张国荣的死讯，一时还不愿意相信那是真的。不过那马上就被证明是一个确凿无疑的事实。只要不嫌麻烦，点开经常访问的门户网站，亲眼看一下，就能很轻松地知道真假。与我连接在一起的世界风平浪静，静悄悄的。然而，在这个世界之外，却有一位外国演员亲手结束了自己的生命。

张国荣死的时候我在网吧打工，跟离婚女的网聊已持续了两个小时。只要能忍受呛人的烟味儿，没有比网吧更好的地方。便利店需要长时间无聊地站着，室内照明又太亮。VCD 吧不免要和客人接触。“这电影怎么样？”“要进几号房间？”KTV 的情况也差不多。“麦克风有点问题。”“拿几瓶啤酒过来。”而光顾网吧的人，只需要一台连接专用网线的电脑和周遭人的视而不见。

我通过拒绝人际关系，勉强得以存在。光临此地的人，不关心所谓的关系。他们先要找一个偏僻的座位，避免跟任何人发生关系，最多也就偷偷地扫上一眼。最后退出登录，自觉缴付显示器上以小时计费的数额，抬脚走人。不管他们是浏览明星的最新露点视频，还是和素未谋面的“他们”进行冰冷的对话，或者是在战网上打星际争霸，单位时间的费用都是一样的。只要不弄坏电脑，他们可以做任何事情，而且不会受到任何干涉。除非不得已的情况——网络或电脑故障等问题，守着柜台的我同样不与他们发生任何关系。我把棒球帽压低，接过他们的纸币或硬币，找给他们零钱，就万事大吉了。

青春期时，我热衷于看电影，常去小区里的一家多厅影院。我至今仍记得卖票所的女人，她永远像家具一样纹丝不动地坐在那里收费。说得更准确一点：我记得女人削尖的左手拇指指甲和黑色指甲油。此外还记得她那一对饱满的乳房，藏在那件肯定是从附近市场淘来的图案花哨的罩衫里。她的脸躲在蓝色树脂板背后，一直没被我看见。这反倒使她成为我的性幻想对象。不过，在这个光怪陆离的地方，没有人愿意去幻想一个压低了棒球帽、枯守柜台的男人。真是感激不尽。况且，我还能随心所欲地上网。在这里，我可以完整地守护自尊心，只要不买任何东西。从某一刻起，我丧失了购物的信用。认识我的人仍然信任我，但银行和信用卡公司却失去了对我的信任。正如张国荣的死，那不是任何人的错。

她自称是离婚女，表现得的确像一个离婚女人。也许她是在有意识地刺激我的性幻想。如果确实有此意图，她显然并不怎么成功。我不是那类将离婚女视作性幻想对象的人。在这个轻薄的世界里，离婚女？有一个前妻就够了。离婚女是否真的是离过婚的人，对我而言没有任何意义。只是想刺激一下越发无聊的对话，才这样发问。

〖真是离婚的女人？〗[1]

离婚女没有爽快地回答。那显然是幼稚的问题。假如可以，我真想把它删掉，可惜已经发给了离婚女。对她的个人信息，我表现出露骨且毫不掩饰的好奇心。这可能是网聊所忌讳的，我想我和离婚女的网聊算是完蛋了。不过我对屏幕上自己发的那一行字却越来越感到满意。因为它可被视作抛向这平静沉闷的世界的一个玩笑。

〖听说张国荣自杀了。〗

针对离婚女发来的回复，我问她是不是在开玩笑。要是玩笑

① 本篇中“〖〗”中的句子为“我”和“离婚女”网聊的内容。

就好了，我很早以前就是他的影迷，离婚女答道，你要是不信可以自己去搜索一下新闻。在经常浏览的一家门户网站的新闻版块上，张国荣的死讯已经甩开 SARS，登上了榜首。门户网的关键词热搜榜上，也已经出现他的名字。仔细一想，那天是愚人节。

曾出演《英雄本色》等电影，在我国亦有很高人气的中国香港电影演员、歌手张国荣（47 岁），从酒店跳楼自杀，令世人震惊。据香港警方的消息，张国荣从香港文华东方酒店的 24 楼客房跳下，送至医院后不治身亡。

以快讯形式上传的新闻，像查封扣押通知书的文句一样，短促而冷漠。我和离婚女的网聊瞬间变得活跃起来。而这意外的活跃，却令我深感陌生。网聊像笑话接龙一般朝着不可思议的方向行进。离婚女好像一定要证明自己是张国荣的死忠粉似的，将关于他的话题一股脑儿地抛了出来。于是，离婚女关于一位已故演员的琐碎记忆的编年表，被一个素未谋面的男人共享。看来离婚女是网聊高手，打字速度奇快。

好像是《阿飞正传》里的。我听别人说这世界上有一种鸟是没有脚的，它只能够一直地飞呀飞呀，飞累了就在风里面睡觉，这种鸟一辈子只能下地一次，那一次就是它死亡的时候。二十世纪九十年代的学院里，凡是有点情怀、有点感受力的，有一个算一个，至少都做过一次导演梦。我曾经也是其中一分子。然而不知道是福是祸，我没有情怀，也很迟钝，只不过记忆力比别人稍好一点。好到什么程度呢，假如我努力想不记住某件事，连努力不记住的过程也都历历在目。对于一个既无创造力也不浪漫的人而言，出类拔萃的记忆力反倒是累赘。《阿飞正传》是我和妻子一起看的第一部电影。应该是在忠武路的剧院。观众不多。稀稀拉拉的观众，要是想数，一口气就能数得过来。

电影让人感到陌生。相比于当时红得发紫的香港黑色电影而言，它完全是另一类型的片子。镜头固执地停留于一处：敏感、多愁的青春岁月，像被卷入洪水的家具一样被无情地冲走。“剧终”升起，我握住妻子的手。观众发出一阵嘘声。他们原本期许的是被高速摄影极度渲染的悲壮美和一场杂耍般的枪击战。他们觉得自己上当了，气得发抖。霎时，剧院入口的玻璃被砸碎了。第一次握住妻子的手，它们似乎异常小巧。一周后，《阿飞正传》的海报不得不被撤下来。那是一九九〇年的事情。

《阿飞正传》是离婚女最喜欢的一部电影。她说，张国荣独自对着镜子跳曼波舞时的那副表情，令她难以忘怀。而更不简单的是，她竟然还记得主人公临死前讲的那句台词：我最想知道我一生中最后一刻会看见什么，所以我死的时候一定不会闭上眼睛。以前以为，有一种鸟，一出生就会飞，飞到死才落地，其实它什么地方也没有去，那只鸟一开始就已经死了。至于记忆力，离婚女与我不相上下。努力回想电影中的台词，往事历历在目。念大学的时候，曾玩过一种游戏，一方念一句电影中的台词，另一方猜电影的片名。因为记性好，我几乎没有对手。现在回想起来都幼稚透顶，然而当时我们凡事都很认真：哪怕喝得烂醉，往电线杆子上撒一泡尿的时候，脸上都会莫名其妙地摆出一副深刻的表情。

〖回想看电影的那天，真觉得不可思议。兴奋的观众竟然还砸碎了玻璃。他们为什么那么兴奋呢。〗

经确认，离婚女和我，十三年前在同一时间、同一地点看过电影。据离婚女回忆，那天的确切观众人数是四十七人。黄金时间段观众还那么少，她就特意数了一下。她说她有一个习惯，凡事都喜欢数一数，离婚女补充说，好像在辩解似的。离婚女实在不需要向我解释什么。也许，那不是辩解，而是告白。我本想说，谁都会有类似的习惯，但没有说。

妻子的习惯是收集收据。妻子很细心地用一本厚厚的折叠式册子，按日期分门别类地保管收据。别说是信用卡结算收据，就连买一瓶矿泉水的便利店简易收据，她也不会随随便便扔掉。妻子的宗旨是：存钱的前提是开支透明。有一次，我翻看妻子的家庭账簿，心想：妻子若是患上失忆症，看到它会有什么感受。

2002 年 4 月 1 日，光化门邮局，12 时 57 分 20 秒，快件 4200 韩元。情陷巴黎西餐厅，20 时 45 分 08 秒，49000 韩元。E－超市，21 时 19 分 26 秒，明太鱼丝，3650 韩元；小青辣椒，1700 韩元；鲜牛奶，1000 韩元；小西红柿，1300 韩元；即食沙拉，980 韩元；饭厅豆腐，2980 韩元；鲜蛋，2500 韩元。

我记得，所以我知道，那天的午饭时间，妻子在公司附近的光化门邮局寄出了一件登山夹克，那是送给岳父的生日礼物；那天是结婚纪念日，因此晚上我们在恋爱时经常光顾的那家新村西餐厅碰头，吃了一顿饭；回家的路上，在大型打折商场买了一些东西。它是记录到秒的个人消费目录，然而它却无法充当一个个体生命的凭证。因为在随机数表般的小纸片上，只记录着一些用货币交换而来的个人喜好，并没有故事情节。比如，在 E－超市买的东西，似乎能够表明第二天的早餐是明太鱼汤和小西红柿沙拉。然而实际上，在二〇〇二年四月二日的早晨，妻子并没有做饭，因为她事后得知我签字画押，给父亲的银行借款做了保证人。妻子的愤怒不是因为我做了保证人，而是事前没有和她商量。妻子知道的时候，情况已经变得不可收拾。简而言之，妻子强调的不是钱，而是信任。于是，我的辩解——说不出口——在妻子冲天的愤怒之下竟显得那样苍白。

说到妻子认真收集的那些收据，欠缺的是关系，所以我要写：情陷巴黎西餐厅——结婚纪念日，嫩西冷牛排，鸡胸肉沙拉，意大利红酒；光化门邮局——岳父的生日礼物，红色登山夹克；E－超市——信用保证问题引发的夫妻争吵。这样，二〇〇二年四月一日妻子的生活才能完整地保存下来。

父亲动用银行贷款和退休金建楼，不过没来得及完工就破产了。由于施工现场周边居民的抗议，设计图不断修改。作为一项补偿措施，他又不得不收购周边的老旧房屋。居民们还抗议工程有可能导致房子塌陷。父亲对此束手无策。工程的迟延，原材料价格的暴涨，最终给了他致命一击。父亲原本想依靠商铺租赁收入安度晚年，结果却成了泡影。初始的工程计划逐步扩张，最终吞噬掉了父亲。他亲手结束自己的生命，为贪欲和不幸画上了句号。可债务却并没有消失，分毫不差地被继承下来。资本连坐制法网严密，穷追不舍。我束手就擒，成为信用不良者。

如果离婚女的记忆准确，那天，一同在看电影的四十七个脑袋中肯定有一个是我的。离婚女，她有可能是跟休假的军人坐在一起的“短发”，也可能是坐在最前面染着一头黄发的女人。那天我的座位是乙排33号，妻子是乙排32号，也有可能是乙排34号。离婚女不甘示弱，她告诉我她坐在丙排89号。

〖这么说，先生欣赏过我的后脑勺啦。〗[1]

〖后脑勺特别凸的应该就是您喽。〗

我不禁摸起后脑勺。

〖还挺会开玩笑的哈，也难怪，今天是愚人节嘛。〗

〖愚人节？〗

〖没错。〗

〖虽然听起来像一句玩笑……〗

〖？〗

〖今天是结婚纪念日，尽管已经没有任何意义。〗

情况开始不妙。感到被离婚女嘲笑也不奇怪。假如说这是离婚女的愚人节玩笑，未免开得有点大了。至于说一个了解我底细的人有目的地接近我，这样的可能性几乎为零。因为在互联网的虚拟空间里有数不清的聊天室，我是随意点进来的。

离婚女和我是同一天结婚的，举行婚礼的场所倒不一样。我问她新婚旅行地，离婚女回答说是济州岛。我的新婚旅行也是在济州岛。我问她住在哪儿，离婚女说是中文观光团地[2]的某个旅馆。那家也正是我入住的旅馆。正值春分时节，又是良辰吉日，

---

① 本篇的网聊部分中，换行并不一定代表说话主体的切换，说话主体是谁需要通过内容判断。

② 济州岛旅游区，因位于西归浦市中文洞及其附近而得名。

旅馆里随处可见新婚夫妇。在走廊，在西餐厅，都能碰到身穿同款情侣衫的恋人。所以我能清楚地记得那年流行的T恤。我们没穿情侣衫，前妻说穿那个太老土了。

〖还记得住的是几号房间吗？我住的是207号房间。〗

〖我住的是107号房间。〗

〖有没有看到木莲树的断枝掉在阳台上？〗

〖有六朵木莲花落在庭院里，还有五朵落在阳台上。〗

让人难以接受的“偶然”一环扣一环，着实令我难堪。离婚女的反应倒显得无所谓。她主张：根据统计学，只要经过不超过六个中间人，地球上人人都是熟人，不值得大惊小怪。在路灯下面一步之遥的地方，就有一个截然相反的世界。你说在路灯下面？

〖诺姆·乔姆斯基说：所谓科学，就像一个把钥匙丢在路的一头却要跑到对面的路灯下寻找的醉汉。然而，醉汉没有选择，因为只有路灯下面才有光线。〗

〖意思是说我是醉汉？〗

〖大家都是。〗

〖也就是说无计可施喽。〗

〖你总不能归罪于路灯吧。〗

〖那醉汉最后还是回不了家喽。〗

〖也可以等到酒醒，如果没人开门的话。〗

不管是真是假，我决定相信离婚女是真的离婚女。如果离婚女说的是事实，那么，在那年愚人节结婚的夫妻中，起码有两对的结局不是大团圆。先提离婚的是我。不但月薪被扣，连银行和信用卡公司的讨债人员都追到我任职的公司。他们好像是在严守一项工作守则，总是一身黑色西装，说是黑白无常也不为过。坐电梯时，见到穿黑西装的人，我就慌不择路，掉头奔向紧急出口。我向公司递交辞职信，连一次退回都没有，直接就被接收了。为了至少保住从银行融资购买的楼房，我决定和妻子离婚。我不能连她的人生也一起毁掉。房子也转到了妻子名下。她一开始反对，最终也只好接受现实。因为“黑西服”也找上了妻子的公司。他们怀疑是假离婚，在我们离婚后的一段时间还经常出现在她周围。一想到此时此刻地球上的所有人都在各自的路灯下寻找着钥匙，我不禁长叹一口气。究竟，张国荣知不知道今天是愚人节。

那天，我把衣服和随身物品装进箱子，提起来走出家门。当时，妻子用一副故作镇静的表情说：这也是你的家，随时都可以来。尽管感激不尽，我却并没有说谢谢。是她先提出还清银行贷款前不要孩子的。我们夫妻俩因为买房没要孩子，最终却为房子离了婚。我那副德行肯定像极了趁着夜幕落荒而逃的士兵。从楼里溜出来的时候我是这么想的：从结果上来说，没要孩子是对的。妻子和我都没有说出口，但彼此心里都很清楚，一场始于愚人节的婚姻，就此结束了。以后哪怕偶然相见，也不可能像往常一样轻松地开一些愉快的玩笑。

我和前妻都是缺乏幽默感的人。说到前妻，她是一个连收据都要按日期分门别类收集的人，不可能懂得开玩笑。而在这方面，我也是半斤八两。听过一耳朵的笑话，经过我的复述就变得不尴不尬。哪怕是一个令听众捧腹大笑的玩笑，一到我嘴里，就变得乏味且有气无力。满脑子都是听那句笑话时的琐碎细节，使我无法投入到故事里。前妻冷嘲热讽地说我命中注定就该盯着那些树啊，草啊，或者蝗虫什么的。莫非这是前妻给我准备的最后一个玩笑？在首尔站一家简陋的旅店，我打开箱子时差一点笑得背过气去。从家带来的箱子里有一本册子，打开一看，居然是前妻收集的收据。前妻做事细心，不留破绽也从不失手，她的本意恐怕是想送给我一本曾经恩爱的纪念。不管她的意图如何，倒是的确把我逗乐了。我差一点就打电话给她，感谢她难得让我大笑一回，同时跟她说，你的幽默也不是完全没效果嘛。没有下酒菜，我回味着前妻送给我的生平最佳笑话，干掉了一瓶烧酒。二〇〇一年，从春到秋，她的吃穿用度朴素得像在山寺里一样。

和离婚女的对话活像一场拼图游戏。对话转向，两人试图寻找其他的共同点。经过几个回合的问答，我和离婚女再也没能找出可以确认的共同点。出生地，成长地，都不一样。两个人的生活毫无相似之处，只是很偶然地在同一时间、同一地点，与各自不同的异性看了一场电影。同一天结婚，入住同一家旅馆，之后便各奔东西。仅此而已。然而那感觉是相当奇妙的，就像一封因收件人不明而被退回的信，多年后又被重读了一遍。可笑的是，我本打算如果再有一次“偶然”，就和离婚女见上一面。因为这出乎意料的玩笑，其结局让我深感好奇，虽然看上去毫无意义，但也正因如此，反而引起了我的兴趣。最终核实再没有别的共同点后，我松了一口气。抬头看柜台对面的壁钟，已是凌晨两点。这么长时间的网聊也算是破例。

〖聊得挺好。〗

〖你的电子邮箱，能给我吗？〗

我犹豫了片刻。转而又想，又不是地址和电话号码，有何不可。与此同时，我也有点吃惊：对我这样一个乏味得连一句笑话都不会讲的男人，居然还有人感兴趣。

〖你不会是用这种办法收集电子邮箱吧？〗

我是当作玩笑讲的，可也就这个水准。自从我出逃般地离开家以后，就再也没有耐心跟人说话。为了购买勉强糊口的食物，做过形形色色的工作，大部分都不需要跟人说话。不去打工的时候就窝在住处，翻看从前在公司拍摄的自然纪录片。鼠尿树、毛白杨、麒麟草、楮树、瞿麦、野雏菊……各个都有可笑的名字，但它们都是沉默的，从不催我讲一个好玩的故事。说真的，它们从不向我要求什么。

离家以后的一段时间，我常去之前拍摄《山寺四季》时去过的禅云寺漫步。在自暴自弃的我面前，大自然一如往常。我像一个被放逐的人一样来到禅云寺，瘫坐在山茶花树的树影下，因不可遏制的愤怒而浑身战栗，仿佛一股强忍之后终于爆发的泪水。四季更替，禅云寺的山茶兀自开落，现如今已遍地盛开。我那不能归责于任何人的不幸，以及由此而来的愤怒，在四季常开的山茶花面前，竟然如此微不足道，我难以承认这一点。然而真正使我恐惧的，不是我的愤怒过于渺小，也不是我的不幸毫无意义，而是我害怕山茶花林，我怕不能像山茶花林一样不改其色。在厄运前毫不动摇的大自然给我的教训是深刻的。然而我安慰自己，这个教训无非是向都市罪恶出示的不在场证明。

也许是为了摆脱糟糕的玩笑带来的尴尬，我把邮箱地址发给了离婚女。那是在公司上班时使用的邮箱。离婚女表示了感谢，然后说：明年的愚人节那天，可以用肉眼同时看到太阳系的五颗行星——水星、金星、火星、木星、土星——你务必要活到明年的愚人节那一天。我用键盘敲出一行：我会考虑考虑，但马上删掉了。退出聊天室时我不禁想道：离婚女还没有回答她是否真是离婚的女人。不过那对我来说没有任何意义。

“付完钱再走！”

他们也就十来岁的样子，没有埋单。嘴里叼着没点火的香烟，大摇大摆地经过柜台，往门口走去。我一喊，他们俩愣了一下，然后回过头来看我。这两个家伙满脸青春痘，露出不屑一顾的表情，从兜里掏出一把皱巴巴的纸币和几枚硬币放到柜台上。另一个皮肤黑黢黢的家伙，在一旁嬉皮笑脸。“青春痘”把另一个家伙的钱也一起付了。那个家伙还在旁边嘿嘿笑着。

“哥不是跟你说过吗，笨蛋？”

“熊样，原来不是聋子。”

他们根本不在乎我能听见——也许巴不得我听见——大声说着话，走上门口的台阶。也许我在这家网吧待的时间太长了。我想算一算自己是从什么时候开始在这儿打工的，但是放弃了。这些愣头愣脑的家伙，没有比在乎他们的敌意更无聊的事情了。我可以感觉到坐在门口旁边的几个男子朝柜台瞟了几眼，可能听到了那两个家伙说的话。我把棒球帽又压低一些。任何人，未经我的许可，是不能对我产生兴趣的。

我用方便面填了一下肚子，接着就玩起了空当接龙。偶尔搜索一下即时新闻，却没有看到关于张国荣死亡的快讯。中国又发现了新的SARS患者，死亡人数进一步增加。新加坡、加拿大因SARS死亡的人数同样有所增加。SARS正向全球迅速蔓延。空当接龙游戏一直玩到早上交班为止。我把柜台交接给打工的学生后，走出网吧来到地面。立在门口的牌子倒在地上，应该是哪个醉汉干的。从前有一个喝醉的笨蛋，往这儿撒过一泡尿，还冒出了火星子。我把牌子立起来，它本来是“广开土网吧”，但“广”字不通电，打开电源后就成了“开土网吧”，不知为何，我老是读成“‘升’土网吧”。路上的行人步履匆匆地赶往职场、读书室、补习班，开始一天的生活。我逆着他们步行，朝单身公寓走去，走到一半却改了主意，走进一家影碟吧，去看了《阿飞正传》。隔壁包房似乎传来轻微的呻吟声，若有若无的，声音很小，如果不竖起耳朵，几乎听不到。离婚女记忆中的电影台词一字不差，准确无误。说不定我会见到离婚女的。

一辆警车停在单身公寓门前。我推开单身公寓的玄关门走进去。人们围在我的房间门口小声地交头接耳。他们肯定都是这里的住户，但面孔都是陌生的。偶然在楼道相遇也要尽力避免眼神接触，这是此处的规矩。在房间里，身穿制服的警察好像在寻找什么，东翻一下西翻一下。我一出现，房间里的人一边小心避开我的目光，一边给我让路。正在搜查的警察抬头看我，问我是不是房间的主人。我点点头。警察又问这些东西都是从哪儿来的。

我扫了一眼房间，除了一小块躺人的地方，堆满了杂七杂八的东西：搪瓷锅套件、高压锅、电饭锅、旱冰鞋、健康榨汁机、电吉他和婴儿车，大部分都没有动过，是全新的，有的连塑料包装也没拆。

“这些破玩意儿都是从哪儿来的？”

“从那里来的。”

我指着短腿书桌上的晶体管收音机。收音机是那种旋钮调频的老古董，从首尔站自动售票机旁的一个垃圾箱里捡的。

“你跟我开玩笑呢？”

“不是玩笑，是真的。”

警察说的“破玩意儿”，是电台采用我的“故事”后寄来的奖品。

“有人举报你窝藏赃物。”

“世上的一切财物归根到底都是赃物。”

这是无政府主义者普鲁东的宣言。我认为这是一个极漂亮的笑话，但警察的表情却僵硬起来。我还得去一趟派出所。冗长的审讯开始了。他们要看我的居民登记证，还想了解职业、家庭情况，他们想知道我是什么人。我出示了居民登记证，告诉他们，我在“广开土网吧”打夜工，没有家庭。他们敲了几下电脑键盘就查出我是信用不良者并且已经离婚。这不能不让人吃惊。可这似乎还不足以打消他们的疑虑，于是他们继续询问。在一个人躺着都嫌小的房间里，堆满了乱七八糟的东西，他们想要知道这些东西的来历。我老实做了交代。

五花八门的节目都需要“故事”。于是我就把从各处听来的故事回忆了一下，整理出来寄给电台，得到了这些东西作为回报。具体说来：搪瓷锅套件，那是把一位主妇的故事寄给《主妇时代》得到的。她办完两个孩子的婚事后搬进单身公寓，准备参加高中学力鉴定考试。电吉他，那是将一位复读生的“故事”寄给一档叫《正午希望歌谣》的节目得到的，他一直希望参加大学生歌谣祭。警察将我的陈述一一做了记录。虽然没有必要，但我还是帮警察纠正了口述笔录中的错误。

“为了一些用不上的东西，你干吗费那么大劲？”

警察面带不可理喻的表情问道。

“偶尔也为了需要的东西寄送一些故事。”

“那你得到了吗？”

“没有。”

“为什么？”

“因为需要。”

“再问一句。为了一些用不上的东西，你干吗费那么大劲？”

“我想从这儿出去就必须得有原因吗？”

只有一次是为需要的东西寄送了故事。只有那一次破例，现在回想起来，那却是一件令人难堪的经历。去年秋天我在建筑工地搬运砖头，扭伤了腰。晚上在冰冷的地板上睡觉，醒来时腰疼得像针扎一样。刚好，《直播希望列车》节目的奖品是野外充气简易床。我想这就是我要的。他们说，需要经历失业和挫折的故事，我写了。一个男人因为父亲破产，不得不从公司辞职，成为信用不良者，最后向妻子提出离婚的故事；还有，在禅云寺茶花林中体会到的微不足道的恐惧感。与以往不同的是，这不是听来的故事，是我的亲身经历。然而我没有得到床。虽然腰疼的我仍然需要床，但没有再寄送过故事。那是我不能再放弃的最低限度的自尊心，跟世上的任何一张床都无法交换。

张国荣的葬礼在去世一周后举行。我坐在网吧柜台看了直播视频。香港在下雨，因为 SARS，身穿黑色丧礼服的唁客都戴着口罩，那看上去就像一场沉默的示威。张国荣的棺椁中放着几张唱片、麻将牌、羽毛球拍。

离婚女没有联系过我。从公司辞职后，我第一次打开邮箱，里面有很多垃圾邮件，我全删到垃圾箱里。还有前妻发来的邮件，都是很久以前的，内容是问候近况，还说联系不上心里很着急。我既没有电话也没有手机，还不能重新申请，也感觉不到有什么必要。没有最近的邮件。妻子——不，前妻，在彻底放下了对我的那点感情后，完全成了一个陌路人，其实那也是我对她的最后要求。

第二天收到一封邮件。发送者是“无脚鸟”。内容如下：如果你还记得无脚鸟之死。简短的文字下面还写着时间、地点和穿着。时间是晚九点，地点是曾看过《阿飞正传》的忠武路剧场前。如果想知道发送邮件的人是不是离婚女，需要亲自去剧场前看一看。

我来到网吧那栋楼二楼的台球室。九点前要赶到忠武路，就不能守着柜台。网吧老板同时也是这栋楼的主人，他喜欢在傍晚时分到二楼台球室赌一两杆。我对网吧老板说：

“我有点事情，今天晚上不能守柜台了。”

老板长长地吐出一口烟，问有什么事情。我总不能说去见“无脚鸟”。如果追问起为什么要去见“无脚鸟”，回答起来就会更加窘迫。

“父亲去世了。”

老板愣愣地看着我，那副表情好像不知道该说什么，又似乎没听懂我在说什么。

“去，应该去。”

我暗自紧张起来，怕他问起举行葬礼的地方，不过他并没有多问。极有分寸感的回避，让我长出了一口气。正要开门走出台球室的时候，老板叫住了我。他从钱包里掏出几张一万韩元纸币，放进我的外套口袋里，还轻拍我的肩膀点了点头。活着的人，哪怕听说一个陌生人的死亡都会心软。跟老板一起打台球的男人，他们的目光好像立刻要抱住我说些安慰话似的。我匆匆走出台球室。

在单身公寓，我换上黑色西装。那是我的唯一一件正装，在父亲的葬礼上穿过。按照邮件上的指示，我又在药店买了一只口罩。买口罩时我陷入短暂的沉思：也许这是某人的恶作剧。不过就算是恶作剧，我也不想回到网吧，也不能回去，因为我应该在葬礼上。在地铁上，我感到有点晕眩。呼吸略有些困难。也许是因为 SARS，几个乘客都戴着口罩。我戴上了口罩，呼吸顺畅多了。

我跟前妻一起看过《阿飞正传》的忠武路剧场，已经改建成了综合性电影院。在售票所门前，有几个人在购买深夜票。售票所的电子屏幕上显示着时间，快到九点了。都市，无可奈何地陷入夜幕之中，人们步履匆忙地赶路。我在售票所门前环顾四周，踱来踱去。我不断提醒自己，来这儿是要见一个人。要是没有这样的自我提醒，我肯定会掉头离开。一个女人的侧影，从乙支路那群行人的缝隙中一闪而过。她穿着黑色正装，戴着口罩。我不禁迟疑：是等她走过来，还是主动迎上去。

售票所的电子表显示九点整。他们开始三三两两地向售票所门前围过来，穿得和我一模一样。一群行人走过剧场前的信号灯，我从人流中看到两个穿着黑西装、戴着口罩的男人。如果不是面部被口罩遮去大半，也许他们会被错看成追债人员。他们极其相像，像被复制出来的一样，这使他们在人群中格外显眼。一个身穿黑色连衣裙的女人，从剧场一楼大厅慢慢走了出来。口罩遮挡着她的表情，于是我长吁了一口气。穿着黑色正装、戴着口罩的人，迅速地、悄无声息地向售票所围拢过来。我不知道他们是谁，相信他们也不知道我是谁。行人们以为发生了什么事端，纷纷将目光转向这边。在那些好奇的目光中，我已经成为“他们”。他们大概有五十多人，像影子一样，我找不出发邮件的人。

很快，字条传到手里。字条在人群中快速传递。根据字条的内容，人们在售票所的前方排成一条长龙。越来越多的行人停下脚步，驻足向这边观望。这些人也可以看成购票的长龙。然而，这群穿着黑色正装戴着口罩的人，却并没有买票。他们匆忙地离开剧场周边，三三两两地消失在人群里。他们先是排队等候，但走到售票所前，就坦然地四散而去。事实上那里没有发生任何事情。

他们像训练有素的配角，将被赋予的角色演绎得分毫不差，然后消失得无影无踪。说起来像一则谎言，离售票所越近，我的心跳就越快，神经紧绷得仿佛要炸开一样。那真是久违的活力。意外的、激越的力量，并非服务于世上的任何意义，所以更令我兴奋。我走到前排，和那些人一样，背对着售票所朝马路走去。心仍然在跳跃。我没有特别想去的地方，但至少还知道不应该待在这里。没有非去不可的地方，也就意味着可以去任何地方。看到向这边驻足观望的行人，我的心情就像是说了一个毫无笑点的笑话。不过只要稍微想一想就会知道，这不是任何人的错，所以对于行人惊讶的反应，我表现得无动于衷。不管怎么说，张国荣死了。很遗憾，这不是个玩笑。

亡命之徒　正在听张国荣的《英雄本色》续集主题歌《奔向未来日子》……其中有这样一句歌词：无谓问我今天的事，无谓去知不要问意义，有意义无意义怎么定。

2003/4/15 11:20:57

早朝割引　肉眼同时看到五颗行星的，不是明年愚人节，而是三月末。

2003/4/14 20:03:41

二番馆　阿飞正传，狂顶。受诅咒的杰作，无保留地投一票！

2003/4/14 16:37:04

胡同哥 惠美，我爱你！

2003/4/13 14:28:32

蝴蝶的无罪证据

用火烧过蝴蝶的人都知道——只要烧过一次就会知道，蝴蝶是易燃的。火焰中，翅如火苗，火苗如翅，难分彼此，那一刻何其美丽凄凉。燃烧中，蝴蝶的前世记忆灰飞烟灭。然而，被燃烧的是蝴蝶的记忆，还是记忆中的蝴蝶？在无法分辨的那一刻，世上的一切教训都会烟消云散。一位金发碧眼的歌手，在遗书中写道，与其慢慢枯萎，不如被付之一炬。随后，他把一颗子弹射进自己的脑内。也许他用火烧过蝴蝶，也许他把自己当成了蝴蝶。然而，不管是烧过蝴蝶的人还是把自己当成蝴蝶的人都不知道：下雨时蝴蝶在何处停歇它淋湿的翅膀？大雨滂沱，城市后街泥泞不堪时，成千上万只蝴蝶都飞到了哪里？被蝴蝶遗弃的世界，将如何忍受它们留下的凄凉和空虚？《国家地理》《百问百答》《特辑：昆虫的世界》都给不出答案，电视居然也有回答不了的问题。后来，我在多年未曾光顾的书店找到了答案。那是我第一次在雨天见到蝴蝶，就像在午夜新闻里，突然听到一位熟人的讣告。

我记得一只蝴蝶。

一夜宿醉，头痛欲裂，我捧着脑袋慢慢睁开眼睛。眼前一片漆黑。在暧昧的黑暗中，分不清是白天还是黑夜。我和世界的唯一通道——窗户，被污浊不堪的窗帘封锁得严严实实。床尾的电视机不知何时已经打开，兀自叽喳作响，正播放着 CNN[①] 的早间新闻。早间新闻？我究竟睡了多久？电视里的节目表明，我所在的地方不可能是早晨。正在直播的是伊拉克战况，伤亡人数不断增加。尽管美国已经宣布停战，但伊拉克的战火仍未熄灭。美国参议院声称，他们基于错误的情报发动了这场战争。基于错误情报发动的战争，也一样造成了伤亡。没人知道这场基于错误情报的战争，还要带走多少人的生命。国际法院判令以色列拆除巴以边境地区的隔离墙。巴勒斯坦人在欢呼，以色列人在抗议。那天

① 美国有线电视新闻网。

CNN 的早间新闻里不见和平，只有坏消息。我在床头柜上找到遥控器，换了频道。是医疗频道，J 整容医院的男院长正在讲解隆胸手术。隆胸的常用材料是硅胶和生理盐水，而目前主要采用副作用较少的生理盐水。J 整容医院的院长向观众强调，隆胸手术比一般人想象的要安全，脸上挂着平和的微笑，似乎在向特定的“一般人”暗示（尤其是对手术心怀恐惧和担心后遗症的人）手术是安全的。片刻后，电视里播出隆胸手术的画面。画面下端出现一条字幕：安全简单的手术！绝佳的选择，重塑您的自信！医疗频道中没有战争，战争属于 CNN。只要按一下遥控器便可切换到江南整容医院。所有频道在遥控器前都是平等的，原则上机会均等。从 0 到 9 的数字，没有高低贵贱。你只需要从十个数字中挑选两个。既不存在高贵的组合，也不存在卑贱的组合。数字就像两颗并排的乳头。不过，仅仅选择两个数字并不意味着可以立刻欣赏电视，你还需要决定顺序。34 是职业摔跤频道，43 是钓鱼频道。先摸右边的乳头还是先摸左边的乳头？你的选择将决定你的恋爱对象是职业摔跤，还是钓鱼，或此或彼。如此说来，遥控器的按钮确实像凸起的乳头。脸上打马赛克的女人躺在手术台上，上身赤裸，胸部平坦。医生用手术刀切开胸部，植入填充物，女人的胸部立刻膨胀起来。我不知道她的自信心是否也随之膨胀起来。不过有一点我是知道的，因注射生理盐水膨胀起来的不是“她”的胸，而是“他们”的欲望。我对血淋淋的乳房满怀同情。我从前任职的广告公司有一位科长，他说，女人的胸也分阶级，不，女人的胸决定阶级。只要看一眼胸部，便可知道她青少年时期的营养状况和第二性征[①]发育完成后在哪一档次的健身中心接受了管理。假如是整容手术，还可以知道是在哪一档次的医院做的。有一次喝茶的时候，我们聊起一个高颜值的强盗。大家七嘴八舌地说：颜值高，做了强盗也能被原谅？颜值话题是不是整容医院和大夫们的商业阴谋？原谅不了他的罪，却可以原谅他这个人？他算哪门子高颜值，没见过高颜值是吧？科长不耐烦地放下杯子。众人一时哑口无言，面面相觑。科长的思路就是跟我们这些俗人不一样啊。名声在外的马屁精朴代理，不失时机地吹捧道：科长的话总是出人意料啊。科长说：有什么可大惊小怪的？知道现在年轻人最烦什么吗？爹味。要知道，我们不是《九点新闻》[②]的主持人。要是不了解现在年轻人的需求，就别想在这个圈子里混。而科长把握潮流的能力，赛过敏锐的掠食动物，行业内无人能够比肩。他企划的广告业绩愣是在经济萧条中逆流而上。在多如牛毛的电视广告中，他的作品始终独占鳌头。我又换

① 亦称“副性征”，指男女两性除了生殖器官以外的外貌特征区别，体现在身高、体态、相貌等方面，第二性征在进入青春期后才出现。

② 韩国收视率最高的综合性时政新闻节目。

了一个频道，是电视购物节目。他们在介绍万能电饭锅，主持人声称此款电饭锅从煲参鸡汤到制作甜米露，无所不能。电视包罗万象，电视永不枯竭。苗条的美女、激起肾上腺素的综合格斗选手、最新的段子、匪夷所思的杀人案，以及用人文主义包装起来的煽情，都在恭候您的选择。只要轻触手指，电视即刻成为我的父亲、我的恋人、我的老师、我的敌人和我的朋友。永不枯竭的电视，足以让我在这张床上支撑下去。由于内需疲软，众多企业大幅减少了广告投入。被裁员后，我首先想到的是接入有线电视。负责安装的人员，在狭小的房间地板上铺开频道目录，向我一一介绍。他先问我爱看什么节目。如果喜欢电影，可以选OCN、CGV 等套餐；如果喜欢体育可以选高尔夫频道、ESPN 等套餐……[1] 事实上，连我都不知道自己喜欢什么。全接上吧。我就是这么说的。我的生活需要一些变化。我写辞职信那天，科长把我叫了过去。他说特意为我挤出了晚餐时间。金代理，你有什么爱好？我答得支支吾吾。我不太善于表达自己。科长语重心长地说，如果一个人妄图以谦让的美德制服对方的傲慢，只会陷入万劫不复之地。始终充满自信的科长，喝酒时又说道，命运就像女人，你越是粗暴、露骨地追求，她就越容易接纳你。为什么？

① 均指有线电视频道。OCN 以播放电影、电视剧为主；CGV 是电影频道；ESPN 是体育频道。

因为命运之神是女人。你如此不通世故，如何在丛林里生存，没听说丛林法则吗？不看《国家地理》杂志吗？我依旧支支吾吾。科长说话向来掷地有声，从不隐瞒自己的观点。在公司，我对科长一向敬而远之。然而，这似乎并不妨碍我一直聆听科长的教诲。根据科长的指教，我开始研究自己的兴趣。首先要学习处世之道和人情世故。于是，在被裁员后的第二天，我成了七十二个电视频道的观众。功能过剩而发挥不出全部功能的遥控器，形状像个飞船，扁扁的，长长的。我把它拿在手里，躺到床上，把头放在高高的枕头上，打开了电源。除了上厕所或收外卖，我几乎不下床。一个月之内，我对世界的了解突飞猛进。比起过去东奔西走的时候，我学到了太多。床又小又窄，翻一下身，手脚便碰到床沿。然而躺在上面的我，却看到了更广阔的世界。这一切都要归功于有线电视。然而有线电视也不能减轻头痛。我发现自己反穿着内裤，肩头和胳膊上还有瘀青。昨晚到底发生了什么事？电视从来没问过我什么，它也回答不了我的私人问题。我既不是艺人，也不是名人，电视不关心我的私生活。它从不关心永远凝视自己的人，在这个意义上——

电视像花心恋人。

只要告诉我你喜欢的频道和节目，我就可以告诉你你是什么人。一个月来，我把七十二个频道的电视当成家人，这也许就是成果之一。如果你喜欢看探索与发现频道，你可能是梦想家或受挫的完美主义者。如果你喜欢历史频道，你有可能是饥饿的人文主义者或失败的革命家。我刚开始看有线电视的时候，热衷于在各个频道之间来回切换。那是一片偶然发现的新天地，是传说中的宝藏船。之前，裁员的传闻把我搞得精疲力竭，听说每个部门至少要辞退一人。而如今，我被好奇心刺激得精神抖擞。吃饭的时候，睡觉的时候，甚至上厕所的时候，我手里都一直握着遥控器。遥控器不在手，我就感到空虚；遥控器在手，便觉得世界尽在掌握。仿佛整个世界都静悄悄地躲在十四英寸显像管后面，等待我的召唤。作为诚实而充满好奇心的观众，我花了不少时间，才一一确认完七十二个频道。由于生疏，刚开始会用的按键只有“上一个”和“下一个”。比如前一晚入睡前看了 YTN 电台[①]，第二天想看烹饪频道，就要翻过五个电影频道、三个纪录片频道、四个体育频道、两个游戏频道、一个围棋频道、三个电视购物频道、两个动漫频道。很麻烦，但又无可奈何，这也算是新人的出道仪式。就像是跟恋人相处不得不完成的一系列步骤一样（约

① 24 小时新闻频道，成立于 1993 年，隶属于韩联社。

会、送到家门口、庆祝生日、制造氛围向对方告白、安排适当的场所、准备避孕用品等)，但随着时间推移，流程也可以逐渐简化。同理，我找频道的速度也开始加快。随着检索频道所用的时间逐步减少，我也有了自己喜欢的节目。比如，美食节目。我一向记不住数字，但那是我记住的第一个频道。看了美食节目，我才惊奇地发现自己对美食的兴趣。学校没教过，职场没教过，教会也没教过，但我只用一个星期便通过电视学会了。当时的感动难以言表。节目里有许许多多闻所未闻的料理。你只要从脑袋里排除立刻大饱口福的念头，就能用眼睛获得朴素的幸福。欣赏料理的制作过程时，你会慢慢平静下来，心情变得惬意，好像自己成了博爱主义者。《杰米的厨房》是我的最爱。在《杰米的厨房》中，许多没听过——当然也从没吃过——的料理，让我大饱眼福。我时而盘腿坐在床上，时而靠坐在床沿，一边吃着坨了的炸酱面或半熟的拉面，一边看着热那亚风味罗勒酱扁面条、红椒萨尔萨辣酱腌三文鱼。我当然没吃过，也不可能吃过，所以它们才能刺激想象力。我把记忆中的各种味觉和嗅觉组合起来，想象着热那亚风味罗勒酱扁面条、红椒萨尔萨辣酱腌三文鱼的味道和香气。我吃惊于自己对料理的兴趣。在家里我是老幺，有三个姐姐，所以从来不进厨房。有时候肚子饿，在厨房找东西吃，都会被爸妈制止。男孩子离厨房远点，不然做不了大事的。我是三代独子，但这与我本人的意志无关。从小就被剥夺了选择权，在成长期不知道何为冒险和叛逆。如果能早早发现自己的兴趣，我的人生也许会不一样。我从没亲手制作过食物，也算是陈旧价值观的牺牲品。如果跟家人说自己喜欢做饭，爸爸会是什么表情？毫无疑问，他会以“堂堂男子汉干这个没出息”为开头，进行长篇的训导，最后以“我认为”结束。我不曾了解爸爸的内心，爸爸也同样不了解我。他和我这辈子的谈话，估计录不满两盒磁带。我们父子只有坐在电视机前，才能缓和一些紧张气氛，但也很少说话。以海顿小号协奏曲开场的《奖学金猜猜看》、已经去世或行将就木的老演员出演的《周末电影》、拳击比赛和足球国家队的赛事直播，只有在看这些节目的时候，我们才通过偶尔发出的叹息声和欢呼声，体会到片刻的共情。如果没有电视，我用什么怀念父亲呢？电视填平了语言和四十二年生命的沟壑。父亲原本食欲旺盛，后来半个胃被切除，临终前只能靠输液延续生命。就连花样翻新的《杰米的厨房》，也不能给他的胃提供任何美食。在病床上陪伴父亲的也是电视。他看着电视去世，临终前的最后一句话是：声音放大点。我不知道父亲是不是在担心自己葬礼那天的天气。他咽气的时候，电视上正播放着天气预报。葬礼那天格外晴朗。当年我经过艰苦的努力进入广告公司，父亲并没有流露多少喜悦。因为他操心另一件事情。他希望我早些结婚，好让他快点抱上孙子。来之不易的就业，只是给我这个三代独子的婚事增加了一点可能性而已。另外，他还担心不谙世事的儿子适应不了社会。如果父亲的遗愿是看我结婚生子，那我死后大概进不了天堂。因为没能结婚完全是我一手造成的。我放不下的女人，死心塌地跟着另一个男人。如果我这辈子，注定要孤独终老，最后一刻能不能原谅自己的愚蠢？不对，应该问，能不能爱上自己的愚蠢？关于爱情无所不知的电视，也不能回答我对爱的疑问。《夫妻情感》《性与床》里也没有答案。就算把音量放得再大也没有用。电视不关心我的私生活，也不关心我的爱情。我不是艺人，也不是名人，电视唯一关心的是我看不看电视。她能回答我的疑问吗？不，她绝对回答不了。我可以对着《杰米的厨房》中的烤箱发誓，我能原谅自己的愚蠢，但不能原谅自己。有一次在看《杰米的厨房》时，我突然有了疑问，为什么他的厨房老是那么吵？杰米工作时总是念念有词，可他说的话与烹饪无关，只是一些个人经历。比如，在日本做节目时划破过手指，回伦敦的路上买过一把日本菜刀。他在厨房里不停地剁一剁、煮一煮、炸一炸，当然不会安静。电视里的杰米切洋葱时，我吓了一跳。脸颊上好像有东西滚落下来。是泪。我想为她精心制作一份料理，突然流下了眼泪。看着电视上名字拗口的印度菜，我体会到了深入骨髓的寂寞。泪水止住了，忽然间——

我感到这张床很恐怖，我已经在上面待了整整一个月。

电视谈论的话题天南地北无所不包，只是不屑于回答我的私人问题。就连电视也是电视谈论的对象。我一向羞于谈到自己，对此只有佩服的份。星期六晚十二点十分，公共电视频道上专门有一类节目毫不客气地自我揭露、自我批评，着重指出某些节目过度宣扬暴力和色情。我简直佩服得五体投地，目不转睛地欣赏他们挑选出来的本周最暴力、最露骨的画面。不得不说勇气可嘉。然而，我不禁又产生一个疑问，节目放在黄金时间段，不是能得到更广泛的赞许吗？也许他们不是真的想在大庭广众之下忏悔并暴露自己的阴暗面。忏悔，只要有一个观众就足够了。于是我像聆听忏悔的神父一样正襟危坐，观看他们一周以来的恶行和罪过。等他们忏悔完毕，我就自言自语：广告商还是爱你们的。对喽！观众也爱你们。电视不仅勇于自我揭露，还大度地夸赞对手——书籍。不仅夸赞，还大力宣传。电视对书籍的包容，就像罗马征服者对被征服人民所实施的善政。书籍，是电视下属的一个行省，一个沉浸在旧日荣耀中的小亚细亚王国，一座巴尔干半岛上曾经繁荣的城邦。他们介绍的书籍也偶尔引起我的兴趣，让我忍不住想找来看看。盐野七生的《马基雅维利语录》也是从电视上知道的。我看了书籍简介大吃一惊，科长的那些真知灼见，原来都来自《马基雅维利语录》这本书，可他从未说过用典出处。我感觉自己上当了。科长在公司树敌不少，追随者也不少，身边非敌即友。一小部分人于他既是朋友也是敌人，不过非敌非友者却极少。敌人越多，科长就越兴奋，在公司纵横捭阖、所向披靡，地位越发稳固。公司内部有人散布谣言说，他不甘久居人下，准备自立门户。不过传闻起了反作用，科长渐渐成为公司不可或缺的人物。他把竞争者的敌视当作动力，取得了今天的成就。他在一次公司聚餐时说：在竞争社会里，幼稚的人才保持中立。因为，得胜者视你为敌人，而落败者认为你拒绝伸出援手，同样视你为敌人。我在公司既没有朋友也没有敌人，听了科长一席话，后背冒出了冷汗，仿佛他说的人正是我。科长特有的话术有时让人反感，但常常一针见血、鞭辟入里。我现在终于知道了它的起源与出处。如果没有电视，我只能被蒙在鼓里。我想看电视上介绍的那本书，关掉电视，翻身下了床。没想到下床这么轻松，我微微吃了一惊。穿裤子的时候，看到床的中间凹了下去，那是一个月来蜗居观看电视的痕迹。一个月没有出门，眼前的世界还是老样子。我刚开始有点困惑，不过马上明白了过来。我在床上通过电视实时观看了世界的动向。这座上千万人口的城市，只是热了一点，吵了一点。公交车费上调了，这也是通过电视知道的。我习惯性地下车，发现到了世宗文化馆。一个月前，我每天都在这里匆忙地上下车。身体的惰性真是让人厌烦。公司就在附近。到了中午就跟同事们一起喝咖啡的星巴克、死前已经成为英雄的那位将军的铜像，都还是老样子。地铁入口也是老样子，旁边的树木依旧枝繁叶茂。有一年夏天，我和她在这条街上散步，无意间看到了她耳垂上的那颗痣。上面命令，每个部门要裁减一人。同事们都希望公告发布前有人主动申请离职。其实，公司上下心知肚明，被裁的命运只能落在未婚员工的头上。我所在的部门，一共有两名已婚女职员，丈夫都已经失业。除了科长，广告企划一部的六名员工中，只有我和她是未婚。我不是科长的朋友，也不是科长的敌人，想必很难通过人事部门的考核。如果我不辞职，只能让她辞职。在这个春天，留在她和她情人的身边是残忍的；而在她离开后，继续留在她情人的身边，是加倍的残忍。于是，我主动申请了荣誉离职。我强压着向她表白的冲动，写了离职申请书。可笑的是，我恍惚间觉得自己写的是情书。然而，这封“情书”上只有几个数字和几行冰冷的文字。我的心底最深处落满了阴影，过去一个月，我一次都没有想起过她。但我必须承认，我为此付出了巨大的努力。事实上，在一个月的自我囚禁里，连她的一颗痣都没能从我的记忆中抹除。眼前的光化门街道笼罩在黑暗中。突然，太阳消失不见，万物失去了界线。乌云翻滚，电闪雷鸣，豆大的雨点噼里啪啦地落了下来。是暴雨。我没带雨伞，出门时还阳光灿烂，天气预报也没说要下暴雨。看来，电视也有犯错的时候。我离开世宗文化馆，跑进地下通道。在阴冷、潮湿的走廊里，我想起了今天出门的目的。不久就到了教保文库书店，我发现了这样一个事实——

有些蝴蝶飞进书店避雨。

听声音，外面好像在下雨。不过，没必要打开窗户。躺在床上，用遥控器定位到 YTN 频道，便立刻切换出了新闻画面，屏幕下端在滚动播出天气预报：中部地区以及首尔地区暴雨，低洼地带的居民注意防水。一行气象信息，从左滚到右，最后消失。我又换了一个频道。这回是料理节目，上周开播的夏季特色饮食专题。今天介绍的是海鲜凉菜：虾、红蛤蜊、乌贼，分别煮熟后，放进冰箱里储藏。煮之前先要清理虾的头和内脏；在乌贼身上切开一个大口子，翻过来再切三刀；黄瓜和胡萝卜切成半圆，青椒要切得粗一点；蛏子斜切成两厘米左右。好，现在开始做调味汁……一阵恶心，我跑进洗手间，对着马桶大吐不止。吐出来的都是酸水。记不清昨晚喝了多少酒。如果不是在教保文库书店里发现了蝴蝶，如果不是遇见了她，这将是一个平静的夜晚。我在书店的通识类书架翻看《马基雅维利语录》，周围有点嘈杂，现在学校放假，工作日也有很多学生来书店，还有一些人是进来避雨的。他们当中有些人可能跟我一样，也是看了电视之后来买书的。马基雅维利的观点掷地有声，通过排斥道德而肯定权力。他的语言推崇权力，本质上不同于海鲜凉菜的做法讲解——去掉虾的头，清理内脏后煮熟。“拥有武装的先知都获得了胜利，没有武装的先知都失败了。”那是去年冬天，公司专务的父亲去世，同事们一起前去吊唁。葬礼结束后，我们一大早从盆唐区乘出租车回首尔。由于在丧属家里熬了一夜，我打算在公司附近的桑拿浴房先打个盹，再去上班。当时我坐在副驾驶座，后面坐着科长、朴代理和崔。朴说，老人家岁数大了，大家都说是喜丧，可专务还是很伤心嘛。崔说，看来父子感情很深。科长突然开口说，社长动了专务的小蜜。我从后视镜上看到，科长说话的时候，还伸出右手的小指头摇了摇。什么？管理部的崔小姐？原来传闻是真的。朴小声说。然而科长却丝毫不想放低嗓门。我从不夺人之美，父亲死了，过两天就忘了，可女人被抢了，对方会恨你一辈子。一直到光化门，后座上的三个已婚男人都在大谈出轨的话题。怎么挑女人，怎么避开妻子的监视，被妻子发现又该怎么应对。像我这种没正经谈过恋爱，在单相思中虚度年华的大龄男青年，只能默默听着。那年春天，我开始怀疑她喜欢科长。有一次，我们吃完午饭，在星巴克喝咖啡。科长喝了一口咖啡，随口说道，韩梅妍小姐，你留直发更漂亮。我清楚地看到，她的耳垂红了，还有脖子。我不得不把视线移向窗外。几天后，她的发型变了。办公室里，除了我，还有谁知道其中的隐情？那只蝴蝶知道吗？那只飞进书店避雨的小生物知道吗？蝴蝶扑扇着翅膀，在书架间飞来飞去。我移动脚步追逐它。它飞过历史类书架，飞过参考书类书架，然后轻盈地落在一个人的颈上。脖颈很眼熟。丰满的耳垂，一颗痣像用签名笔点上的。我坚持认为，是蝴蝶把我带到了她的身边。虽然有点老套，但是除了这么想，我实在解释不了发生在自己身上的偶然。越过她的肩头，我看到她捧着育婴类书籍。她没有察觉到蝴蝶落在了颈上，专心致志地看书，而我却试图伸手抓住蝴蝶。她的脖颈仍显得那么顺从，毛茸茸的汗毛像极了狗尾草。我一时不知所措，那是在看有线电视时也未曾体验过的心颤，仿佛全身的血液都在倒流。定睛一看，蝴蝶已经飞走，她的脖颈显得异常静谧。我的目光在蝴蝶停栖过的地方流连。我叫了声她的名字。我们相互问候，周围挤满了翻书的人。她见到我很高兴。在公司，我和她相处得很好。也许是因为家里有姐姐，我和女同事相处很融洽。她们也愿意跟我交流，有时候还和我聊起私事。比如，对婆家的不满，和初恋情人重逢时的激动。聊着聊着偶尔凝视我一会儿，那与其说是她们注意到了我的男性身份，还不如说是重新确认了我的存在。我也喜欢聊天，跟她们无所不谈，但从来不会提起她。有时她们还把我单独叫出来聊烦心事，让我出主意。男同事们耻笑我，你受女同事欢迎，是不是有什么秘诀？其实，她们只是把我当成值得信赖的聊伴，单纯的异性朋友而已。即便在女洗手间碰到我，也不会吓到。我问她，上班时间为什么来这儿？她说想找两本书看看。还问我，现在做什么？我说一直看电视。我说了实话。电视？她一脸迷惑。片刻之后，她问我是不是在学习。我说，算是吧。我们还是找个地方坐坐吧——不记得是谁先提出来的，可能是两个人同时提的。到了星巴克，我跟服务生要了两杯咖啡。她忙说已经喝过咖啡，想喝点别的。她平时喝咖啡都是一杯接一杯的，今天则要了薄荷茶。喝了口茶，她说对不起。应该是指荣誉离职那件事。我说，大家还好吗？雨停了，太阳火辣辣的。口渴难耐，我从床上爬了起来。冰箱里没有水。我拧开洗碗池的水龙头，大口大口吞下。口渴缓解了一些，我又爬上了床。一躺下，肠胃又开始翻江倒海。我跑进洗手间，脸对着马桶，把喝下的水全吐了出来，接着就吐起酸水，胃好像被绞紧了一样。我沉默了好一阵，她问我是不是哪里不舒服。我僵着身体，害怕把自己的激动传染给她。但事实上，脸色不好看的反而是她。她说有件事想让我帮忙。她的脸上落着一层阴影，显得局促不安。她小心翼翼地问我，能不能陪她去一个地方。我愿意陪她去任何地方。于是——

我陪她去了妇产医院。

有一样东西，只在电视里存在，却不存在于日常。那便是故事。一成不变的日常中所缺乏的故事，在我们的电视里俯拾即是。这些故事据说现在还能出口到日本、中国、越南。电视不舍昼夜地告诉我们，爱吧，无所畏惧地去爱吧。不要管出轨或失忆症，不要顾虑身份的差距和出生的秘密，大胆去爱吧。遗憾的是，电视从来不告诉我们，由便秘和腹泻点缀的日常生活，对浪漫惬意的约会构成多么大的障碍。一个男人陪心爱的女人来妇产医院做人流，却发现肚子里的孩子是别人的。这个男人此时的愤怒和怜悯，电视也从来没有告诉过我们。所以当她说她要来做人流时，我愤怒了。她害怕一个人去医院，偶然遇见了前同事，便求他陪自己去一趟妇产医院。我爱慕她的单纯，男同事的一点小玩笑都会让她脸红。爱情不是爱她的这一部分或那一部分，而是对她的全部的爱。所以当我站在妇产医院休息室的时候，也没有撤回对她的爱。过了好一阵，她才从诊疗室走出来。我问怎么样？她说不能打掉孩子。我问她为什么？她说是双胞胎。我问以后怎么办？她说要生下来抚养成人。蠢女人。我说那个男人知道吗？她摇了摇头。不记得她是怎么说的，好像说了不能让他知道。走出妇产医院时，我说你再想想。她好像提到了蝴蝶。她说超声波照片上的双胞胎，像一只蝴蝶。我要送她去公司，她摆了摆手。在我的追问之下，她才说了实话。她上周已经离职。也好，养一对双胞胎，需要换个薪水高的公司。她说了一句谢谢，就坐上了出租车。有事请尽管来找我——这句话我没来得及说出口。把她送走后，我坐在光华门的一角，一个人喝酒。很快便烂醉如泥。我酒量很差，天黑前已经醉得不省人事。昨天的记忆就到此为止。此后的事情，恍恍惚惚，记不太清了。我好像给谁打过电话，又好像把谁叫了出来。手机上的已拨电话记录里，头一个是科长。通话时间是昨天晚上九点五分。我跟科长到底说了什么？把他叫出来以后，又发生了什么？完全记不起来。绞尽脑汁也想不起来。我看了一会儿肩头和胳膊上的淤青，还有反穿的内裤。整整一夜究竟发生了什么？越是试图恢复删除的记忆，脑袋越是钻心地疼。记忆碎片，好像被人有意打乱的一堆拼图。好像那是为了故意刁难我而设计的精巧复杂的拼图。我也想过给科长打电话，但想想还是作罢了。这样未免过于轻率。科长喜欢引用的《马基雅维利语录》中，有这样一句话：人的行为往往和小鸟没什么两样。和小鸟一样，人只注意抢夺眼前的利益，却忽视了头顶上鹰鹫的威胁。比起被删除的昨夜的记忆，更重要的是她可怜的命运。她执意要生下双胞胎，有什么办法能劝她放弃？如果是科长，会怎么说服她？我在脑子里回想科长说过的话。但看到胳膊上的瘀青，便摇了摇头。我躺在床上翻来覆去，然后开始盯着电视。也许电视上会有答案。对世上的故事了如指掌的电视，也许能为我指点迷津。这个冗长的故事，何时才能落幕？而为了让她回心转意，我应该在故事里扮演什么角色？如果涉及出轨，就看看晨间剧好了。

愤怒的回顾

她写了小说，好像在圈子里闯出了一些名堂。令人期待的新锐作家，出类拔萃的想象力和情感，在每一部新作品中都力求超越与蜕变，媒体铺天盖地地将这类溢美之词献给了她。为什么偏偏是她呢？我坐在理发店等候区的椅子上，漫不经心地翻阅女性杂志时发现了她的照片。一开始，我并未陷入绝望。不过，当我得知她已经在两年前获得了新春文艺奖，并且即将推出作品集的时候，就不能不陷入绝望了。我像被闷头打了一棍子。她写了小说。

采访的记者问道："您的小说有很强的自传性，是根据个人经历创作的吗？"她是这么回答的："也可以这么说吧。人的过去，总是被现在的观点重新塑造。"她的话不禁让我发出冷笑。

装得真像。“您发表的作品里人物众多，他们的性格各不相同，但具有某种共性。感觉您的创作似乎始终围绕着一个中心人物。”记者显然不是业余人士，对报刊策划人的新闻意图了然于胸。

我最讨厌业余人士。业余精神只适合古代奥林匹克运动会，早该被扔进历史的垃圾堆里。在资本主义社会，业余主义没有立足之地，它堪比道德堕落。从这个意义上来说，她要重视这位记者的意见。她回答说：“类似的评论我听到过很多。比如人物很特别啊，是不是有现实中的原型之类的……”我凭直觉知道，这些人物中肯定有我。虽然还没读过她的小说，但我可以肯定。不好的预感一向很灵验。现在是四月，一个周末的午后，寂静而干燥。新来的理发师手艺很差。听说我指定的那位理发师手臂骨折，打了石膏，有段时间不能出来工作。我没有多问。理发店的经理问我对发型是否满意，我没回答。新来的理发师看来很难混下去。这是个令人绝望的不祥的星期六。她写了小说。

自从看了那则新闻，除了维持生命所需的动作，我什么都做不了。我们这里整整一个月没有下雨，气象局发布了干旱警报；但欧洲某地却下了一个月的暴雨，死牛像连根拔掉的水草一样被洪水冲走。我情绪低落。投资的项目收益达到了两个月以来的最高点，可我却高兴不起来。情况不见好转。

"太阳在头顶上，我们不可避免地要踩到影子。"

朴这样说。朴曾经供职于一家大有前途的公司，但为戏剧放弃了一切，目前在大学路[1]寻找机会。他在新村一带用扑克牌给人算命，起初只是爱好，现在快成了职业算命师。戏剧？是不是想证明现在还有值得坚守的使命？他已经很像职业算命师了，口气惟妙惟肖。

"疯子！混混！装什么预言家……"

我说。这家伙莫名其妙地一脸深刻。由于她的小说，我的脑袋嗡嗡作响，而他的话也让我如鲠在喉。情况已经相当严重。这家伙的表情似乎在说，少放烟幕弹，如实招来。我倒也不是拐弯抹角的人。

"她写了小说。"

"她？"

"尹珠。"

"在大学跟你同居的那个？"

朴在"同居"二字上加重了语气。我一听就哆嗦了，同时还有点兴奋。兴奋？人的身体很神奇，回忆起十年前的旧事，仍能做出敏感的反应。当年我也不是等闲之辈。如今跟妻子马马虎虎

① 首尔市钟路区的一条文化街，以丰富多样的戏剧活动著称。

干那事，没少想起她来。精神上的记忆支离破碎，身体却念念不忘。我对身体的诚实已经厌倦透了。

“小点声。”

“她不是去了中国西藏和印度吗？”

如朴所言，她本来应该待在中国或印度，远离世俗，与青灯古佛为伴。我听到的传闻也大致如此。可究竟是什么风把她吹回了这污浊不堪的灯红酒绿之地？

“拿了新春文艺奖，就想回来吧。”

“所以你才像内急的小狗一样坐立不安，敏感过度吧？她不就是写了本小说嘛。你不会还在惦记她吧？别傻了，过两天都快当爹啦。”

“不，不。她的眼神，她照片里的眼神，让我不安。”

我心里打鼓，连我都不知道自己在纠结什么。忘不了她？不会吧。

“是吗？要不我先去见见他？问她为什么要回来？”

“别起哄。”

“我越听越不明白了。尹珠写了什么小说？”

“不知道，还没看。”

“裤子都不脱，你就打飞机？没读过就没有发言权。别大惊小怪，先把小说看完再说。”

“你要纳闷就自己去看吧。大学的时候，你不是惦记过她吗？小说里可能也有跟你差不多的人物，背后大呼小叫，一见面就㞞。”

朴和她，还有我，大学时都是戏剧社的。

“是吗？小说里有我也挺好啊。不要矫情。你知不知道男人最要命的毛病是什么？男人最要命的是，以为把人家扑倒一次就吃定了。这是土鳖、无赖。你觉得过了这么多年她还对你念念不忘？不要痴心妄想啦。”

朴忽然变得严肃起来，说道。我还没看过她的小说，倒也无话可说。可我读不了。就算骂我胆小、懦弱也没办法。我对她在异国他乡写下的文字有莫名的恐惧。

“嫉妒吗？”

“少废话，喝你的酒吧。”

“先等等！”碰杯的时候我叫道。

“又怎么啦？”

“酒里有什么东西。”

“哪有啊？”

朴晃了晃我的酒杯。

那东西在我眼里清晰可见，不可能看错。它落在了杯底，我用筷子夹了起来。是一根断牙签。这东西是怎么掉进去的？能管它叫什么呢，断牙签？掉进啤酒里的断牙签？好像怎么说都不太合适。是某种预兆？难说。显然，管它叫断牙签没有任何意义。啊，意义？麻烦大了。

“眼睛够尖的。这你都能看到？”

朴的惊讶溢于言表。他的惊讶是可以理解的。咖啡厅内的照明，勉强能让人看到邻座的影子。发现杯底的断牙签，也确实够怪异的。

“……”

感觉很诡异。

我把断牙签给服务生看。她道了歉，换了一个新杯子，还主动赠送了两瓶酒。但她看我的表情很愕然，好像在说，这个东西你是怎么发现的。我跟她说，你们这儿的音乐太老土。她说最近这首歌在江南酒吧天天放。我倒是第一次听。啤酒杯子凉凉的。

朴喝着酒，一副若有所思的样子。这家伙表面上若无其事，其实特别想看她的小说。她为什么要写小说？她就不能像其他离婚的女人那样，找人谈个恋爱，或者考虑再婚什么的？俗是俗了点，我倒想献上诚挚的祝福。

“……你刚才说太阳怎么了？到底什么意思？”我问道。“来的时候在报纸上看的。‘今日运势’里挑出来的词。”

“疯子。”

我们拍手大笑。啤酒杯上照出来的脸像猴子一样。这与我本人的意志无关。我的眼睛看到了过去看不到的东西。不知道该管这叫什么。当然，不管它叫什么，都改变不了任何事。太阳在头顶，所以我们不可避免地要踩到影子。脑子里满是“今日运势”上的话。她写了小说。

我的眼睛率先对她的变化做出激烈的反应。与我本人意志无关的视神经突然变得敏锐，警惕她的归来。我能从随手翻阅的杂志上发现她的照片，本身就显得不太正常，因为我平时对女性杂志根本不屑一顾。从一堆报刊中抽出一本杂志，上面偏偏登载了她的访谈，这也是很难解释的。

“人的视力有可能突然变好吗？”

我问妻子。吃饭的时候我发现了碗里的米虫。妻子看着死虫子，表情似乎在说，你是怎么发现的。而这也是我想知道的。

“人过了三十视力就固定了，变不好也变不坏。要是真有视力变好的药，就不用羡慕六合彩大奖得主了。”

妻子在清潭洞开药店。规模不小，雇用三个钟点工。还跟几家大型综合医院有固定合作，业绩不俗。除非世上一切疾病突然消失，一家人就不愁温饱。只要妻子不去考虑扩张药店的规模，就不会太辛苦。朋友们说我成了男主妇，满是羡慕的口吻。

我欣然笑纳他们的嫉妒。“你以为谁都能当男主妇？男主妇也是能力的体现。”他们点头称是。“把女人捏在手里，哪有那么容易？”“吃软饭也是本事，不是谁都能吃得上的。”他们表达羡慕的词汇有限，毫无章法。

“视力突然变好，在医学上是不可能的吧？”

“医学解释不了的事情也是有的。视力真的变好了？没做手术自己就好了？你这算赚了。现在激光手术挺贵的。”

“不谈钱不行吗？你不知道视力变好意味着什么吗？”

“我认识的一个前辈是眼科的，要不去看一下？”

“……”

坦诚、浪漫的谈话，跟妻子是不可能有的。哐的一声，我把勺子撂在饭桌上。细看，米虫也没那么丑陋，还有几分可爱。断牙签和米虫，我的视力肯定变好了。应该管这叫什么，又和她的小说有什么关系？

“是因为米虫吗？”

妻子大概怪我把勺子撂在了桌上。没必要，妻子不需要为了米虫道歉。饭菜都是每天上下班的钟点工做的。米虫本来就和她无关。

“只是没胃口。”

“怪了，新米怎么会有米虫？哪儿跑出来的？”

米虫让妻子心烦了。妻子觉得米虫样子可疑，而我对自己的发现感到焦躁。

第二天我去看眼科，当然也不全是因为妻子。从前我在那儿配过眼镜。先从视力检查开始。摘下眼镜看视力表，什么都看不到。遮右眼，遮左眼，结果都一样。戴上眼镜再检查，能看到 1.2 那一行的数字和符号。跟一年前没有变化。电脑验光结果显示，我的散光更严重了。

“人的视力有可能突然变好吗？”

大夫的脸上始终带着和气的笑容，但也表现出困惑。

“视力真的变好了？我看看。”

他翻开眼皮，打开圆珠笔大小的手电筒，查看右眼和左眼。

“倒是见过遭受精神打击视力突然变差的。”

大夫的指甲下面是黑的。他什么都不知道，显然没有我需要的答案。该管这叫什么呢？我跑到洗手间清洗眼周。我知道自己犯了傻，现在需要的不是眼科。我从始至终不敢面对现实。在眼科得不到我想要的东西。其实，我早就知道问题的核心是什么。至于应该管它叫什么，并不重要。叫什么都可以，无所谓。不能再逃避下去了，也无处可逃。中国或者印度，我不感兴趣。要睁大眼睛，面对现实。问题的本质向来简单明了，她写了小说。

她至今发表了七篇小说，都是短篇。考虑到去年才在新春文艺发表处女作，可以称得上是多产。从前，她的房里有很多书，打零工赚了一些钱就往书店里跑。她看书很杂，没有哪本书给我留下很深的印象。每次去她的出租房，我总能看到很多新书。不过，没想到她会写小说。回想起来，我过去并不了解她，现在也一样。很奇怪，她的出租房却让我印象深刻。

那是一个半地下室，透过窗户能看到行人的小腿，戏剧社的家伙们把它当成安乐窝。那时候，我经常一觉醒来发现自己在她的出租房里，到处散落着酒瓶。半地下室里照不进阳光，潮湿、阴冷。书上长了霉，她就用吹风机烘干。她经常感冒，我倒是连咳嗽都没有。透过窗户看到行人的小腿，感觉很孤独。

自从住进她的出租房，我就不用再花钱。看她的书，吃她的饭，穿她洗的袜子。我带着行李住进去之后，也没人来玩。有时把朴叫过来，他从不拒绝。我享受这家伙偷看她的眼神。“想不想跟尹珠上床？”他脸红了。三个人一起喝酒，我有时假装喝醉，给他们腾地方。事后的一段时间里，他们约好了似的不跟我说话。我也从不问他们有过什么事情。

她的小说里肯定有朴。如果她的小说确实是自传性的，我倒可以从中知道他们的关系。读她的小说，应该从处女作开始。众所周知，处女作多少具有自传性。她的新春文艺获奖作品《愤怒的回顾》[1]，与约翰·奥斯本的戏剧同名。大学时代我们在戏剧社一起排演过这个作品。我的担心是有道理的，她的确是在靠兜售自己的经历创作小说。这确实比出卖灵魂要好一点。不管怎么说，有值得卖的毕竟是好事。她出卖的，应该是自己不幸的过去。听说她的婚姻并不幸福。然而她的过去在某种意义上也是属于我的，出卖前理应取得我的同意。我现在无处躲藏，去不了中国或者印度。我不想当圣人，所以不能不读她的小说。

> 坚信目的可以证实手段正确的是你。这完全是属于你的故事。将懦弱视为罪恶的是你。千真万确，这是你的故事。此刻，在无望的生活中啃噬自己灵魂的人，一定是你。我确信你会读到这篇文章。几年前，我飞往一座崇拜牛的城市，在飞机上放下了一切。眷恋与彷徨已不属于我。这篇失去焦点的文章，开不出一朵花。但求你回顾，一脸愤怒地回顾。那样我就满足了，让人怜悯的你。

她的小说是这样开头的。开场白显得露骨。每次看到“你”，

---

①《愤怒的回顾》是英国剧作家约翰·奥斯本创作的戏剧，首次出版于1956年。该剧写出了战后英国人的不满情绪，表现了青年对社会、人生的探索，掀起了英国戏剧改革的新浪潮。

我的心就一点点沉下去。仅在第一段就出现了八次“你”。太过了，能这么写吗？我把电脑画面固定在开头第一页，点了支烟。遗憾的是，预感很正确。我皱着眉头凝视屏幕。盯了一会儿，发现句与句、行与行之间的空白里，有某种情绪蠢蠢欲动。她的文章中有明显的敌意。至少，从字里行间看不出她放下了什么。和过去一样，她抱紧一切不肯放手。貌似平静的文章，隐藏着锋刃。骗得了所有人，也骗不了我。

不，她也许真的抛弃了一切，否则就不会回来。她离开崇拜牛的城市，回到这里，或许内心已经无所畏惧。过去她不会说这么露骨的话。也许都是实话。她变得强大了，弱者是不敢如此坦荡的。烟很辣。

约翰·奥斯本的作品《愤怒的回顾》上演，是在一九九一年秋天。我饰演男主人公吉米，她饰演吉米的妻子艾丽森，朴饰演吉米的朋友克里夫。吉米是我心仪已久的角色，外表冷酷，满不在乎，内心似火。因为他，还诞生了“愤怒的青年”[①]一词。玩世不恭的台词，让我感到狂喜。有些台词，我至今还隐约记得。都是这样的语气。

① 英文为 Angry Young Men，最初被用来宣传戏剧《愤怒的回顾》。随着这一戏剧的成功，英国媒体后来用“愤怒的青年”来形容那些对英国传统社会幻灭的年轻作家，如约翰·奥斯本和金斯利·艾米斯等。

“在爱情这件事上，我们骗不了自己。爱情不是你泡得越久就越舒服的浴池。不作恶是不行的。胆子要大，体力也要跟得上。如果担心玷污了自己高贵的灵魂，请放弃一切，去做一个圣人吧。”

演出结束后，我和她一直喝到天亮。最开始，戏剧社的成员在一起喝酒。后来，到了五点前后，只剩下我们两个人。已经不记得是我们俩偷偷跑出来的，还是他们先走的。那天我们第一次上床。然后我就带着行李住进了她家。她是我的第一个女人，可我不是她的第一个男人。不，我是她的第一个男人。无所谓。那年冬天除了冷，还是冷。我在她的屋里足不出户。越过窗口看着外面匆匆忙忙的脚，联想到了坟墓。那年冬天什么都做不了，所以什么也没做。

“你什么打算都没有吗？你能说一下你的计划吗？说句空话也行。”

她有时候用这种话施压。她出门后，我在空房里翻看那些发霉的书，或者做白日梦。她认为我游手好闲。有时我把朴叫来一起喝酒。那年冬天她经常在外边睡觉，我时常把朴叫过来。冬天的夜晚，我有时一个人在屋里，感到很温馨，没人打来电话。

“你在干吗呢？”

是妻子。我赶紧关掉网页。“吓死了，别把孩子吓着。”

“孩子在我肚子里，吓不着。你慌什么？新春文艺奖获奖作品？你偷偷写小说啊？”

妻子怀孕七个月，药店交给了钟点工管理，她只是偶尔去看看。

“给我看看。愤怒的回顾？这不是电视剧的名字吗？谁演的……”

“本来它是一部戏剧名，约翰·奥斯本的剧本。”

“哇，想不起来。男演员的名字想不起来。”

妻子为了胎教一定会找出男演员的名字。

第二年春天，她说“我怀孕了”。但我还是无动于衷，说了一句“你能保证小孩是我的吗？”我暗指朴。这辈子，朴总算有了一点用处。也许，在我叫他来玩的时候，就已经想好了这句台词。她没流一滴眼泪，默默地咬着牙，嘴唇渗出了血。不管怎么说，她是我的第一个女人。妻子还是没想起那个男演员的名字。她写了小说。

“你爱我吗？”

“你这是什么意思？”

“我们分手吧。”

“怎么了？”

“因为不爱你了。我想了想，发现我从没爱过你。”

“爱？开玩笑吧？从一开始就我们没往那边想过，别犯傻。老实说吧，到底什么事？”

“我老婆最近很敏感，疑神疑鬼的。一时半会儿咱们还是不要碰面了。”

“一时半会儿？”

“孩子生下来再说吧。”

“怎么，想当模范丈夫？”

“我烦了。”

“玩够了，没甜味了是吗？”

“如果是口香糖，早吐出来了。”

“你把话说清楚，你老婆生小孩，良心痛了？”

“良心？现在还有人用这个词吗？多新鲜啊，良心……”

“那到底是为什么？”

“她写了小说。”

“你可一点都不耽误啊，又勾搭上一个女的？”

“你还挺可爱的。不用那么盯着我看，小心爱上我。”

“想闹的话改天再闹。我得赶紧去药店，换班时间到了。你说过，最近社长的眼神很可怕。我先出去，你等会儿出来。如果没别的事情就等我下班回来。”

“别抱幻想。”

“差不多行了。我也不想留你一个人，但我还要挣钱吃饭呢。浪漫归浪漫，生计归生计。”

姜翻身下床，顺手穿上衣服。我看着她穿上内衣走进洗手间。姜叫我妻子“社长”，我妻子叫她“姜老师”。姜在我妻子的药店工作。

姜的话应该改成：出轨归出轨，生计归生计。这里需要满足一个条件，出轨不能被人发现。尤其不能被她的老板，也就是潜在的通奸罪原告知道。在这一点上，姜很明智。她没有怂恿我离婚，在药店尽心尽责地工作，而且很会讨“社长”的欢心。她送我妻子巴赫的无伴奏大提琴曲 CD，让她用于胎教。妻子每次欣赏 CD 的时候总让我陪着她。“我好像跟你说过，这是姜老师送的。她说，跟老公一起听效果最好。说是孩子能感觉到？”

用姜的话说，一开始大家就是心照不宣的。我似乎能理解姜为什么跟自己老板的丈夫出轨。有一次我问她：“你说我离婚怎么样？”姜一脸严肃：“你疯了？”好不容易大学毕业的姜，还有一个需要她供养的家庭。也就是说，妻子用她继承的财富养活丈夫的情妇。如果真有天堂，妻子起码能搭上天堂的边。这么一想，倒让我略感安慰。因为，死后就不用再见到妻子了。

“我走了。”

姜已经穿好衣服站在门口。本来想朝她挥挥手，但还是作罢了。

“冰箱里有三明治，饿了就吃点。”

此时，姜倒像我的妻子。

“替我问候一下社长。”

“可以！对了，你知道吗？”

“……？”

“你是天生的情夫。”

这么说，好像我是她养的情夫。也对，她上了班，我留在了公寓。姜走后，我在床上躺了一会儿，心情郁闷。枕头上、床头柜上发现了头发丝。我一根根捡起来，仿佛是分内之事。短的是我的，黄的是姜的。我掀开被褥翻找了一遍，一共二十六根头发。我把头发扔进垃圾箱，便到洗手间淋浴。洗澡的时候又想起她的小说。无论如何要把小说读完。她写了小说。

在家也能浏览报社网站上的新闻，可是妻子在身边，我会心虚。姜的公寓附近有一家市立图书馆，工作日很安静。登载小说的报刊很快就找到了。去年新春文艺获奖作品集里就有她的小说。我捧着书坐到窗边。图书馆里静悄悄的，连翻书的声音都听不到。如果在平时，我应该坐在证券公司的屏幕前。工作时间，图书馆里寂静无声。我恍惚间觉得自己遗弃了世界，也被世界遗弃。我扑哧地笑了出来。图书馆！看来我这辈子也快混到头了。我翻动着书页，希望少一点尴尬。

她的小说《愤怒的回顾》中有一男二女。男人不顾妻子怀孕，私下和一个女人约会。而那个女人是他妻子手下的员工。有一天他妻子叫他一起听音乐，说有利于胎教。妻子说："跟丈夫一起听效果更好。你见过她，我的员工姜代理，是她送的礼物。平时那么抠门，也不知道抽什么风。"丈夫出轨被妻子发现，导致妻子流产。医生告诉她，她以后不可能再怀孕。妻子坚决不同意离婚，因为不能原谅丈夫。陷入绝望的妻子做了子宫切除手术，然后前往了印度。在飞机上，她给丈夫写了一封信。小说采用了书信体，她给丈夫写的信是这样的。

我不能原谅你，因为我终于懂得，能够原谅你的只有你自己。我已经不再是你的女人。你的孩子没见到阳光。我已经不再是你的女人，而是无数个被伤害的"她们"中的一个。出于自尊自爱，我离开你所在的地方。希望你不要轻易原谅自己。

她在小说里写了我的故事。她不是通过出卖自己的过去，而是通过出卖我的现在成了作家。更准确地说，她出卖的是我不幸的未来。因为她写小说的时候，妻子还没怀孕，我还没遇见姜。让我百思不得其解的是，小说不太可能出自她的个人经验。读到“利于胎教的音乐”，我差点失控。假如这不是出自她的个人经验，那就是对我的诅咒。在崇拜牛的城市，她成了一个预言者。究竟是什么情况？我魂不守舍，又继续看了小说解读。

……她的女性主义，应该如何命名呢？也许是一种全新的女性主义，或许可称其为第三类女性主义。不施粉黛，一种接近于中性的新人格类型。这么说可能也不会太夸张。守洁主义把两性繁殖贬为绯闻事件。以女性主义立场重新解释的约翰·奥斯本的文本，其互文性技法倒成了细枝末节。她的动机中值得关注的是，这些认识并不局限于女性问题。她以启示录式的语言，把我们的社会始终回避的问题重新摆到台前。是什么让我们的姐妹主动切除子宫？这篇小说的结尾，对于女性和非女性，对于这个社会本身，都是一场噩梦。然而令人震惊的是，我们从噩梦中醒来时发现，现实是更可怕的噩梦。在这个意义上，这篇小说是一场噩梦，然而是充满魅力的噩梦。

充满魅力的噩梦？对我来说，这句话只说对了一半。她的小说就是噩梦。她结婚的时候，她离婚的时候，我都很淡定。一个人可以选择结婚，出了问题，也可以选择离婚。然而并不是每一个人都会把别人即将面临的不幸写成小说。我叹了一口气。小说里的男人看起来无可救药，因为我就是他的原型。早知道自己会成为小说原型，我就应该做得更狠一点。很可惜。

“读了小说吗？”

我给朴打了电话。

“小说？”

这家伙在装蒜。

“尹珠写的。”

“啊！《愤怒的回顾》？”

小说名都记得滚瓜烂熟，肯定读过，还在装傻充愣。

“你怎么看？”

“什么怎么看？”

他开始不耐烦。

“你觉得跟你没关系？”

“那跟你又有什么关系？”

“小说不是写我了吗，臭小子。”

“是吗？看不出来啊。”

“老实说说，别打马虎眼。”

“不就是一部小说嘛，谁也不会傻到把自己的事情一五一十写出来吧？小说又不是人生剧场体验手记。退一万步讲，如果真是尹珠的故事，那也是不幸的人生故事。”

“不是尹珠的故事，是我的故事。她在诅咒我老婆流产。”

“你就放手吧。已经够可以的了。照你说的，如果小说里的都是事实……”

“如果是事实？”

“那你太不像话了。”

“现在你也承认小说写的是我的事？”

“神经病！”

“你是不是早就知道了？”

电话挂断了。我没再重拨过去。这时，我发现有人正盯着我，一个留大胡子的陌生男人。

“看啥？没见过打电话？”

“图书馆是你家客厅啊？”

“是啊。”

“你简直是个无赖。”

“是又怎么样？”

“滚吧，可怜一下图书馆。”

“不想滚，怎么了？”

“求之不得啊。”

“臭小子！”

男人吐了一口唾沫。我趁机猛出一拳。打偏了。他晃动着上半身挥出一拳。我感觉自己的鼻子塌了。他又踢向我的要害之处，我来不及躲开，倒在地上。如果不是正中要害，我也许还能再扛几拳。他没说一句话，慢慢悠悠地从书架间消失了。图书馆里充满耀眼的阳光。我鼻子流着血，面部抽搐。看来这家伙练过拳脚。要是当时有人围观就更好了。鼻血不停地流，我应该去洗手间。洗手间散发浓烈的消毒水味。用凉水洗，灼痛感剧烈。手机响了，是姜。

“在哪儿呢？”

“图书馆。”

“图书馆？你在那儿干吗？快来药店对面的医院，社长昏过去了。可能是流产了。”

“……”

“你在听吗？”

我挂了电话。是妻子先提出要孩子的。戏剧《愤怒的回顾》中的女主人公流产了，小说中的女人生不了孩子，我妻子也流产了。可笑，事情变得越来越可笑。我不禁微微一笑。洗漱台上的镜子里有一张猴子的笑脸，已经泪流满面。她、妻子还有姜，全世界的女人又可怜又可怕。实在可怕，一只猴子在为她们默默抽泣。在这个世界上，只有我能够原谅自己，但我却不能自我原谅。我的骨肉不曾被阳光照耀，就埋进土里。我不为孩子哭泣，我为不能宽恕自己而哭泣。我要哭到眼泪把我融化殆尽为止。现在，我要去看妻子。姜也在医院吗？干旱的世界一个月没下过雨。世界依旧干旱。

想知道猴子后来的故事吗？去读一读她的其他小说吧。我也会读的。她的小说中有我的未来。这是视力变好以后，我唯一能为她做的。事到如今，我不得不对她的其他小说产生兴趣。我决定不去医院，移步走向陈列着文学刊物的书架。难道没有负罪就没有爱情吗？只有一件事是我接受不了的。妻子不会有兴趣去印度。但不管怎样，她写了小说。请读一读吧。

他人的趣向

1

太宰治和情人投水自尽，三岛由纪夫说，实在不喜欢太宰治的长相，况且跟女人一起自杀的作家，应该是更有风度的人。他甚至说，太宰治的性格缺陷，可以通过冷水搓澡和器械体操得到一些改善。他断言，强势的文体比纤弱的文体更美，征服者比小丑更值得推崇。这是最为刻薄、辛辣的讽刺。我还没见过谁对死者的评价如此刻薄，有点让人接受不了。崇尚强势文体和征服者的三岛由纪夫，闯入陆上自卫队基地，高喊着万岁，剖腹自杀。小丑和征服者最终全都毁灭，但毁灭的方式截然不同，正如他们世界观的不同。

2

“实际上，无非是趣向不同。”

想成为作家的J往嘴里放了一块刚出炉的热比萨，鼓着两腮，一边嚼一边说，语气不容置疑。妻子不喜欢快餐，甚至感到嫌恶。作为彻底的素食主义者，妻子的餐桌上只有有机农作物。平时J的语气就过分肯定，不过听起来像是身处异国的人听到久违的母语一样，感觉还挺亲切。我知道，夸张的语气是J的自我防御策略的体现。我不讨厌J的语气。因为，这让我想起了自己二十来岁崭露头角的时候。当时我也只能通过嘲弄世界，证明自己的存在。

“没那么简单吧？”

我放下咖啡杯说道。路边树上的叶子枯黄，一片接一片诡异地坠落。光化门正中央耸立着将军的铜像[1]。一个男员工爬上吊车顶，清洗将军的头盔，另一个男员工则往刀柄上泼水。清洁工的

① 将军即李舜臣（1545—1598），朝鲜王朝时期名将，日本入侵朝鲜时期，李舜臣指挥的军队数次成功地击败了日本人，取得了鸣梁大捷和闲山岛大捷，死后被誉为民族英雄。

制服上清晰地印着公司logo。不过他们清洗不了刀身。将军的刀就像他的军魂，不管生前死后，只能由将军自己清洗。

我是从乡下来的，上了大学才第一次在光化门看到将军的铜像，当时深受震撼，至今难忘。它仿佛高不可攀的断崖峭壁，令人目眩。我从没见过如此宽阔的马路，从这边的人行道上看不清对面人行道上路人的五官。

那天，为了写通识课小论文，我们前往国立中央博物馆。“你说将军的表情是不是有点凶？他老人家背靠朝鲜总督府，心情能好吗？”给我们带路的同系女生说。那位女生和昔日为朝鲜总督府的国立中央博物馆旧址[①]，我现在都看不到了。俯瞰光化门的将军，表情依旧严厉，仿佛随时准备着砍下敌将的头颅。

“老师，您跟人说话的时候，眼睛要望着对方。明明眼前有一个美丽的淑女，您怎么老看别的地方？就您这态度，不怕妻子跑掉吗？”

她嗔怪我的时候，才用老师这个称呼。每次听到她故意夸张地使用这一称谓，我就像当场被捕的色情狂一样心惊肉跳。为了不被她发现，我用微笑掩饰自己的惊慌失措。她见我坐立不安，

① 朝鲜总督府是日本统治朝鲜期间，在朝鲜京城（现首尔）景福宫内设立的最高政府机构。朝鲜半岛光复后，韩国将其改建为国立中央博物馆。1995年，时任韩国总统金泳三下令将其拆除。

或许还暗自高兴。J是去年开课的中级日语晨班的学员。班里大部分都是从事对日相关工作的职员，二十岁刚出头的J，在教室里自然很显眼。我问她为什么要学日语，她说想读太宰治。又问她为什么来上晨班。她脸上只是挂着若隐若现的微笑。将军的沉默如同深不见底的山谷，光化门的秋天，仿佛敌人砍出的伤口，越来越深。听说大关岭下了第一场雪。妻子究竟去了哪里。

“不好意思，深秋的夕阳太美了。”

虽然没多大必要，我还是做了辩解。秋天的阳光确实很美，但我主要还是不愿让J看透心事。

“您知道三岛由纪夫为什么要大骂太宰治吗？”

“为什么？”

“嫉妒。”

“嫉妒？”

“三岛嫉妒太宰治的自杀，所以才激烈抨击他。他居高临下地说，跟女人携手自杀的作家，应该是更有风度的人。说的时候他也丝毫没有掩饰嫉妒。从三岛的毒舌中，是不是可以感觉到被人抢先一步时的气急败坏？”

“嗯！”

“读他们的书我就想起这样的句子。”

J显得兴致勃勃。声音比平时圆润、明快，像是把球捏在手里。

“人生使用说明书。”

“那是什么意思？”

“请妥善保管，放置在情绪敏感的青少年、抑郁症患者和儿童接触不到的地方。使用后如有异常，请向专业医生咨询。”

我在大学读的是日语专业，经常有人拿日语产品说明书叫我翻译。搭载十几种最新技术的数码相机、遮盖秃顶的假发等等，种类繁多。我有一个高中同学，误把人体润滑液当成发胶，抹在头发上来到学校。每次看到用发胶精心修饰的头发，我就会想起被同学误读的日语说明书：请干燥者使用，开启天国的大门。结果他惨遭嗤笑，从此再也不参加同学会了。他打开的不是天国的大门，而是地狱的大门。使用说明书是严肃认真的，但大部分人都不看注意事项。尽管重要信息都被写进了注意事项里。

“人生使用说明书”，说完，她得意地喝着无糖可乐。我看着她想，我是小丑还是征服者？认真看过注意事项的人都知道，小丑和征服者是同母异父的兄弟。正像聪慧的J所说，那无非是趣向的差异。我现在需要二选一。J嘟着嘴，表情认真地吸着无糖可乐。我看了看她，决定做小丑。妻子可是对无糖可乐敬而远之的。因为我判断，J的趣向是小丑，而非征服者。

“想不想喝一杯？”

我把头转向午后的阳光倾泻而入的玻璃窗，说道。我想，我这张在逆光中浮现的脸上，也许落满岁月斑驳的影子；也许还有迷茫的少年无意间流露出的浪漫与哀愁。我既然已经决定扮演一个小丑，那就要继续演下去。为了维持和发展与J的关系，只能摆出她喜欢的造型。这不是关于伦理的问题，而是关于诚实的问题。

误把人体润滑液当成发胶的同学，虽然成了大家的笑料，但他对自身欲望的诚实却值得肯定。也许他是为了跟大家断绝来往，才主动成为笑料的。听说他从证券公司辞职，带着全家移民去了新西兰。现在可能正在太平洋某地吹着海风，剪着羊毛。究竟是他误读了使用说明书，还是我们误读了他的诚实。想想，不禁后怕。

“太阳落山还早着吧？”

J皱着眉头说。我比谁都更清楚，J的反问并不意味着拒绝。为了刺激J的想象力，我继续演戏。

“这么说也许很可笑。一想到走进漆黑的房子里，我就害怕。”

我紧闭双眼。放出去的诱饵太低级、太幼稚，我都不敢正眼看J。然而，幼稚也不全是装的。我不得不接受妻子失踪的事实。真正的小丑不是诞生于悲剧，而是诞生于喜剧。用失踪的妻子赚取J的同情，我的确有点内疚，不过只要能满足J的趣向，也没什么大不了。如果连对J的欲望都不敢诚实地面对，那么，生活又将何以为继。

“这种感觉我最了解了。躺在冰冷的出租房里，会问自己：我这是在房子里，还是在坟墓里？”

J目前租住在地下室单间。她说，人过了二十岁就要独立生活。这是对父母最起码的尊重。她还引用村上龙之助[①]的一句话，证明独立生活的必要性。

“独立生活，才能救赎身边的人，特别是家人。”

从J嘴里冒出来的“家人”“救赎”等词语，就像灯光下的新罗文物一样，既让人感觉陌生，又让人感到新奇。不过，我突然觉得这一切都像荒谬、无聊的闹剧。而我自己也像一场闹剧。

“喝啤酒还是喝烧酒？”

妻子喝一杯红酒就会脸红。

“谈论人生当然要喝烧酒。这是烧酒公司社长说的。我知道有一家猪皮店，好吃得要命。”

妻子信仰素食，不吃猪皮。她一定会说：“吃肉就够了，还要扒它们的皮吃？”妻子到底去哪儿了。

---

① 村上龙（1952—　），本名龙之助，日本著名小说家、电影导演。

3

第一次看到将军铜像的那天，我和妻子去国立中央博物馆参观高句丽文物展。为了避开游客，我们特意选在了工作日。展览馆静悄悄的，像某一朝代的古墓。不过，馆内的一群来韩修学旅行的日本学生，提示着这里还曾是朝鲜总督府。我为了提交小论文，忙着抄录文物介绍资料。我发现妻子不在身边，抬头找了一圈，看到她正在给日本学生拍照。她咬着嘴唇盯着取景框的样子，意外地给我留下了很深的印象。

我已经不记得当时为什么会找她当向导。那是十三年前的事情，可我还是不明白为什么没留下一点记忆。系里有很多女生，她又不是我心仪的对象。我妻子在学生时代很不起眼。不仔细看，在团体照上都找不到她。不过有一点可以肯定，是我向她发出了邀请，而且她也很爽快地答应了。但我的记忆不一定正确。在我的记忆中，关于妻子的事情像一张因暴晒而失真的照片一样模模糊糊，她给我的印象就是这样。

毕业后过了很久，我们不期而遇。当时妻子很肯定地告诉我说，那次结伴去光化门，仅仅是为了参观高句丽文物展，不必误会。她说得很冷静。我没有吃惊，也没有失望。但我假装受了伤害：“噢！太失望了，还以为你对我不怀好意呢。爱情果然是讨厌的蝴蝶！”也就是说，多年后我们重逢时，我扮演的是小丑。

老实说，如果不是妻子提到了高句丽文物展，我可能永远不会想起那次光化门之行。她说：“去光化门的路上，你扯着嗓门跟我聊你喜欢的女生，整整一个小时。还记得吗？”她的话倒是没怎么让我吃惊。令我意外的是，她居然清楚地记得那天发生的事情。我不记得我在去光化门的公交车上，大声聊过喜欢的女生。当然也不可能知道她是谁。结婚后，妻子打开毕业相册说：“短发、扎头绳的女生，第二排最右边。”我看了一会儿照片说：“一年级时的课代表吧？不是我的理想型。现在做什么呢？”“圣水大桥倒塌①时，她在现场。”妻子说。

听到女生死讯的那天晚上，我把剩下三分之一瓶的洋酒喝完，才勉强入睡。酒劲一上来，被阻塞的琐碎记忆像决堤的洪水一样奔涌而来。妻子睡着了，我在黑暗中一直凝视她的后背。她侧卧的身影像一面背景板，关于那个女生的已逝的记忆，重现在我的眼前。她家住在春川。有一年假期，我为了把自己写了一晚

---

① 圣水大桥位于首尔，是横跨汉江的悬臂桥梁，1994 年发生崩塌事故，导致 32 人死亡，17 人受重伤。

的信亲手送给她，冲动地登上了京春线列车。新生欢迎会上，她唱了西蒙和加芬克尔的《忧愁河上的金桥》。我不知道为什么还记得这些琐碎的事情。

悲伤中，我竟莫名其妙地想起了莱昂纳多·达·芬奇的故事。达·芬奇受米兰公爵之托创作《最后的晚餐》时，一有机会就跑到集市上转悠。公爵问他为什么要去集市。他回答说：“找表情。当耶稣说你们中有人出卖我时，那十二个门徒的表情。”达·芬奇是伟大的艺术家。他知道，人类的真实性，就存在于历史遗落的细节上。

令我伤心的，不是那个死于圣水大桥事故的女生，而是另一件事。新生欢迎宴上，她唱西蒙和加芬克尔的《忧愁河上的金桥》，唱到高潮部分跑调了。我突然站起来接着唱后半部分，却忘了歌词，惨遭听众嘲笑。此后我就成了公认的小丑。世界的真实性绝不在于耶稣的预言——你们中有人出卖我。我这个凡夫俗子要斗胆说一句：真实性在于犹大听到预言时的表情。关于那个女生的记忆，可能也不完全是我自己的，而是妻子给我看毕业相册时告诉我的。妻子现在去了哪儿。

毕业后我们在医院重逢。她当时在病房里照顾患肝癌的父亲，我刚做完胸膜炎手术，也在住院治疗。那个下午，来自中亚的风沙越过西海，笼罩整座城市。“高句丽文物展！”我做完手术，刚从麻醉中醒来时，妻子对我说。她父亲已是肝癌晚期，听说还吃过蚯蚓。我办完出院手续，回到病房时，看到她趴在床上哭。我未来的岳父似乎安详地接受了死亡。如果不是她的哭声，我还以为他是在睡午觉。我第一次如此近距离地看到死人的脸。疾病似乎碾碎了他全部的生命记忆。她憔悴不堪的面孔，像孩子般天真。眼角凝着的泪滴，马上就要从脸上滚落下来。

当时吸引我目光的不是死者的尸体，而是床头上满满一塑料罐子的蚯蚓。也许是从窗帘缝隙射入的阳光作怪，蚯蚓似乎在蠕动。H 来探病时，就被蚯蚓吓了一跳。妻子说，H 长得很像我们大学时的一个女同学。就是我常挂在嘴边的那个女同学。当时我去送 H，嘴里喋喋不休，把妻子的话当成了耳旁风。在葬礼上，妻子作为丧主接待了我。我刚做完手术不久，肚子仍有痛感，在逝者的遗像前，动作别别扭扭，流了一身冷汗。妻子说，十三年前的春天，只是为了去看高句丽文物展，才坐上开往国立中央博物馆的公交车。我相信她说的是真的。根据经验，素食主义者从不夸夸其谈，从不恶意说谎。妻子到底去了哪儿。

4

“灵魂有质的差别。”

我们在去前往那家“好吃得要命”的猪皮店的路上，路过美国大使馆时，J说。大使馆门口围着一群义警[①]。J突然挽起我的手臂，我不禁惊慌起来。跟J差不多大的那些义警好像在怒视着我。我们过了大使馆，朝安国站方向走。J说，猪皮店在三清洞胡同里。我们向东十字阁走去，在地下通道入口，我才发现J已经放开了我的胳膊。

“快跑！”

J不想走寂静的地下通道，偏要横穿车来车往的马路。喇叭声不绝于耳，J惊险地躲开车辆。有那么一小会儿，她在中央线附近进退不得。我在地下通道入口犹豫了半天，不知道该从地下通道过去，还是跟着她横穿马路。手机响的时候，J已经到了对面的地下通道入口，司机们的谩骂声在她背后此起彼伏。她朝我挥

① 即义务警察，韩国要求18岁至35岁的健康男子服兵役。拒服兵役的人员，可以选择不去部队，经审查后成为“替代兵役人员”。义警属于“替代兵役人员”，协助维持治安。

手、吐舌头。我因为接电话，不能做出任何反应。如果没有电话打进来，我会跟她一起横穿马路吗？J 的莽撞举动让我不知所措。我突然感到疲惫。我一边走下地下通道阶梯，一边接电话。是 H。

“男朋友老是催我结婚，我该怎么办？”

H 把烦心事一股脑地抖了出来。她一向如此，有了事情才打电话。而且只顾说自己的事，连一句问候都没有。

“你男朋友是谁？牙医？”

在空空荡荡的地下通道，我的说话声引起奇妙的回声，听起来难受。

“早分了，都什么时候的事了？上次跟你说的那个设计事务所……”

显然，H 又换了男朋友。她换男朋友就像换衣服一样，我的记性显然跟不上变化。“没有消息就是好消息”，用在她身上再合适不过。不需要给我打电话的时候，她活得幸福、安稳。我对 H 的现任男朋友没什么了解，但也不能问她这个男的是谁。因为她会很失望，毕竟我常常以最好的朋友自居。“我说过多少遍，不要对人家太好。男人嘛，你对他好一点，他就会得寸进尺。”

“我声明过多次，我是独身主义者。一开始他说理解我的选择，可从前几天开始，也不知道是哪儿来的自信，他非让我嫁给他不可。你说我该怎么办？”

“你们睡了？”

“开玩笑呢？你要这样我就真失望了。”

我和H认识十年之久，连她的手都没摸过。有一次喝酒的时候，H说：“你跟其他男孩真不一样。”我当时没觉得不开心，甚至还很得意。不过相识十年之后，现在想来感到不是滋味。我不愿意让自己的名字出现在H的追求者名单上，甚至根本不想去摸她的手。通过鄙视她的追求者，我堂堂正正地留在了她身边。我的英雄主义般的冷漠，让H印象深刻，并且接受了我。她爱聊新男友，而且大都是坏话。那些男人我都不认识，但是听她讲得多了，也能大概猜出她心目中所谓的好男人标准：既幽默又有能力的男性。她对幽默感要求很高，对方钱少点没关系，但她就是不能容忍缺乏幽默感的男人。我作为小丑经常给她出主意，而且不求回报。如果要求回报，我就会堕落为她身边的那些男人。老实说，我不是不要求回报，而是假装不要求回报。堕落这个词，指的是黏在人行道上的脏口香糖。然而比做地上的脏口香糖更可怜的是，主动承认自己是地上的脏口香糖。

“你这年纪，既然不想结婚，为什么还要谈男朋友？”

“他们指天发誓，只求见一面。可是见了面，就要求吃饭，吃了饭就要看电影，看了电影就要兜风，兜了几次风就要往上扑。烦透了。”

“人到了时候就得挑个人结婚。知道为什么连刺猬都结婚生子吗？”

“因为孤独吧。”

“是因为害怕。”

“怕什么？”

“怕变成怪物。”

“我像怪物吗？”

“不是那意思。你只要跟大家不一样，大家就把你说成是怪物，否则心里就不踏实。看到你跟他们一样了，他们就放心了。”

“你不怕吗？”

“怕呀，我怕跟别人一样。”

J在地下通道入口处等我。H说有事，急忙把电话挂了。应该是她男朋友打来了电话。如果事情不顺，她还会再来电话。

“为什么不走地下通道？”

“不就是一条命嘛，有什么大不了的。”

“你可能需要冷水搓澡、器械体操。”

“怕我跟你同归于尽？”

通往三清洞的景福宫石墙路上，落叶在风中滚动，发出窃窃私语。拍结婚照的女人手提裙边，匆匆走进景福宫。

我和妻子是在景福宫重逢的。那是三年前的春天。第一个春天，我在去光化门的公交车上大谈特谈心仪的女生。第二个春天，妻子的父亲没吃完煮熟的蚯蚓，便撒手人寰。第三个春天，我陪H散心，去了景福宫。三次都是在春天。有关妻子的记忆中，这贯穿始终的偶然性，并没有引起我足够的注意。假如提早注意到了，我的人生会不一样吗？这种假设是没有必要的。我的人生，如果能因为这一点点偶然改变的话，那就太不值一提了，还不如跟着J横穿马路时被车撞死。春天毕竟会逝去，再多的偶然也不能让它回头。

出现第三次偶然的那天，H打来电话，说自己在景福宫。当时我在钟路的外国语培训班教书。H玩着相机，无聊地等在那里，因为婚纱出了问题，新娘要去换一件。我恰好没有课，正在学园附近闲逛。我们坐在长凳上，能看到对面不远处的庆会楼。H跟我说了一大堆牙科医生前男友的坏话。总而言之，那个人毫无幽默感。

"我跟他说，跟牙科医生交往，现在漱口时就特意留心牙齿。本来是轻松的玩笑，结果他一本正经地说我的牙龈不好，最好洗一次牙。还说是免费的，好像多大方似的。现在男的都怎么回事？我什么时候要免费洗牙了？换了是你，你能说什么？"

要是在平时，我一定会琢磨出漂亮的段子，安慰H受伤的自尊心。可我当时看到妻子正从庆会楼慢慢走过来。她的后面跟着一群老年游客，有的按动相机快门，有的东张西望。为了照顾患病的父亲，她之前一直无暇顾及结婚和就业，现在总算在旅行社找到一份迟来的工作。游客大部分是日本老人。庆会楼附近，有很多拍婚纱照的新婚夫妻。春天，阳光明媚，又到了结婚季。她在一群日本老人中间，不仅没有显得孤单，看起来还神采奕奕。也许那是喋喋不休地说别人坏话的H反衬出来的感觉。不不，这些都是细枝末节。世上很多事情是用道理说明不了的。如果硬要解释，也许，春天是唯一的答案。

“我要结婚了。”

“抽什么风？谁嫁你啊？”

“我知道结婚不是慈善事业。”

“明知故犯要罪加一等。”

“初犯可以宽大处理。”

奇怪的是，当妻子从庆会楼走过来时，我确信她还没结婚。最终，我跟这个当年一起坐公交车去看高句丽文物展的女生结了婚。结婚前，H还半信半疑，说了她一堆坏话：表情阴冷、跟我不是很搭、素食主义者脾气古怪等等，但没能改变我的决定。H仍然不死心：“你以为结婚是戒烟，别人来一次，你也跟着来一次？你真的爱她吗？”我说：“结婚照能便宜点吗？”H什么都没说，我寄了请帖，她也没来参加婚礼。不管结婚还是戒烟，不见得公证人越多就越好。不过 H 要是真来了，我会让她接到妻子扔的花束。老婆到底去哪儿了。

5

“报案了吗？”

这家店的猪皮果然“好吃得要命”。我自认为对三清洞一带了如指掌，印象里却没见过这家的招牌。这里位置不算太偏，行人也不算稀少。稍微注意下应该会有一点印象。碰到这种情况，感觉很微妙。如果说跟妻子的素食有关，或许还能解释得通。

“没有。”

“到现在还不报案？你真的是她老公吗？”

一瓶烧酒让 J 的脸色格外红润。我以前没吃过猪皮。我不是素食主义者，但也不那么爱吃肉，不会特意来烤肉店。

“太老土，报什么案……”

“怕了吧？”

J 眼神迷离，舌头打卷。她很努力地保持坐姿，挺胸抬头，神情还颇有挑衅的意味，一副天不怕地不怕的样子。这就越来越有意思了。我一口气喝掉了面前的一杯酒。

“我怕什么？”

“怕人家回来！”

“这猪皮还是头一回吃。”

“从错误中发现真理，比从混乱中更容易。”

“弗朗西斯·培根！”

是的，真理更容易从错误而非混乱中发现。这是弗朗西斯·培根说的。我不是素食主义者，也不是经验主义者，但我热爱我的错误。不管别人说什么，我的错误是我存在的证据，同时也是我毁灭的根据。独具慧眼的达·芬奇关心耶稣说出预言时犹大的表情，我关心的是我在毁灭时的表情。

“文学史不是爸爸传给儿子，而是叔叔传给侄儿的。”

“哪个家伙说的啊？这么性感的话是哪个家伙说的？”

“你把酒干了我就告诉你。”

“你以为我不敢喝？”

我已经不能把答案告诉J。她刚才还直愣愣地坐着，转瞬间就低头趴在了桌子上，好像已不愿继续独自面对全世界，或者没了独自面对全世界的兴致。今晚，我不需要再表演妻子离家出走后的悲剧了。可是还没到热烈庆祝的时候。我起身去了洗手间。洗手间在饭店外边，住宅区的小胡同里。酒劲上来了，我两脚摇摇晃晃，但心情不错。撒完尿，用冷水洗了下脸，很快又回到黑漆漆的三清洞胡同。走进饭店时，J还像刚才那样趴在桌子上。好，接下来该怎么办？在艺术史中，遗产不是父亲传给儿子，而是叔父传给侄子。这是俄罗斯人什克洛夫斯基[①]说的。我把手伸进J的腋下。J的胸比想象中丰满。就在这时，昏睡的J突然挥动手臂，大叫一声。

“别管我。”

“你醉了，不要闹，我们走吧。”

“先别管我。”

J坚决不为所动，我慌了一下，也有点烦躁。不过时间依然站在我这边，J今晚肯定和我在一起。这么一想就轻松多了。遗憾的是，我失算了，而且我很快就发现了这一点。我看着趴在桌上的J，抽完了第三支烟，这时一个自称是她男朋友的家伙走了进来。他那染黄的头发像刷子似的一根根竖起，皮衣上挂着大大小小的铁环，破破烂烂的牛仔裤像被老鼠啃过一样。我不敢相信这就是J的男朋友。因为她平时用词夸张地表示了对小男孩的厌恶。

“接到电话就出来了。他妈的路上遇到了条子的车，好不容易才甩开。”

---

① 什克洛夫斯基（1893—1984），俄国文学评论家和小说家，俄国形式主义学派的创始人和领袖。

他抱起J说道。

“喂！”

我冲着男孩的后背喊，他正要拖着J走出饭店。他转过头瞪我。看那架势，如果不是扶着J，他马上要打我一拳。

“大叔，深更半夜的别在大街上晃，对得起正在成长的花朵吗？回去好好顾家吧。酒钱付得起吧？”

他让J骑上后座，发动了摩托车。他的车好像卸了消音器，发出刺耳的轰鸣声。我站在猪皮店门口，感到有点遗憾。但我还是庆幸今晚不需要跟J待在一起。她这个男朋友让我愤怒。他的皮夹克，他的摩托车，他的傲慢无礼，都让人讨厌。我本来以为J比同龄女孩知性、敏感、自尊心强，交往的男朋友应该更优秀一点。我无法想象也不愿意想象，J趴在男朋友的后背上，高喊：“哥哥，跑啊！”我感觉自己被冷不防地打了一记闷棍。

我的脑袋嗡嗡作响。原路走出夜幕下的三清洞胡同，我步履蹒跚地沿景福宫石墙往东十字阁走去。仅仅几小时前，我跟J并肩走过这条路。恍惚间，我却感觉好像从没来过这里。穿过东十字阁地下步行道时，电话响了。又是H。H和J不都一样吗？我打开手机盖时想，妻子失踪的事，有没有跟H说过？

“祝福我吧。”

“什么？”

“我决定接受他的求婚。”

“牙科医生？”

“我不是说过嘛，牙科医生早结束了。你是不是没认真听？他是设计事务所的。”

“我这是配合你的玩笑嘛。”

“不是玩笑。”

“疯了？你能保证安心做一个男人的女人吗？你做不到的。”

“听了你的话，我就害怕了。”

“我说什么了？”

“怕成为怪物。”

“我的意思不是……”

“不管怎么说，谢谢你。所以我才第一个通知你，我一定给你发请帖。”

H没等把话说完，就挂了电话。我还是没能告诉H妻子离家出走了。走出地下步行道，不知道该往哪里去。我像被折断触角的昆虫，失去了方向感，站在原地，四处张望着。我迈开脚步毫无目的地向前走。经过大批武装警察护卫的美国大使馆，朝教保大楼方向走去。每天路过的街道让我感到陌生。恍惚间，我仿佛身处外国一条小巷的深处，不知道它究竟通向哪里，心下茫然。

老师，对不起，慢走。

J给我发来了短信。我想了想，没有回复。我不知道她为什么道歉，简短的文字像难解的密码。我突然涌起莫名的怒火，却不知道冲着谁。我按下手机键。

“一定要结婚吗？”

“是的。”

“结婚有什么用？”

“你可真可笑。那你为什么结婚？”

“妻子不见了。”

“你巴不得吧？”

“是真的。”

“喝多了吧。乖乖回家，喝一口妻子给的蜂蜜水，好好睡一觉。”

“出来吧，跟我喝一杯。”

电话断了。马路上数不清的车辆来来往往，亮着刺眼的前大灯，急速前行，不知要开往何处。我现在站在哪儿？我要去哪儿？不远处有将军的铜像。我到底还是回到了起点，可我为什么在苦笑。

玫瑰苑的美丽原住民

午夜时分我听到了喇叭声，于是在一个春日的早晨，我穿过玫瑰篱笆，走进了起风的树丛。春天的树丛像被偷埋的遗骸一样，寂静中带着不祥之兆。树丛里却连一丝风都没有。篱笆上飘荡的玫瑰花香，烘托着树丛的不祥。在那里，我突然想起了一栋房子，那里的玫瑰花特别鲜艳。我的思绪纷乱，却又挥之不去。然而，挥之不去的岂止是思绪。午夜时分，我听到了喇叭声。

去年冬天我被赶出了首尔。都怪我贪心。公司受托管理的短期基金业绩不俗，我一时头脑发热，想大干一番。然而，信托基金为了控制风险，制度相对严格，限制也比较多。于是，我抵押房产，筹集了一笔资金，开始短线操作。初期的收益虽然不错，可世上没有一个赌徒能凭借款日进斗金。形势好的时候，本应观望市场趋势，谨慎投资，我却过于冒进。股价受非市场因素的影响大起大落，我的集中投资策略造成了惨重的损失。为了挽回损失，我又不得不进一步集中投资，最终血本无归。唯一值得安慰的是，我没有动用客户基金，保持了最低限度的自制力。为了偿还贷款，我抵押的房产被拍卖，车也卖掉了。休假备孕的妻子，只能拖着虚弱的身体去找工作。

妻子安慰我说，不要心急，我们年轻，还有希望，慢慢存钱，以后还有机会回到首尔。不过，打包行李的时候，她突然停下手，神情呆滞地瘫坐在地上，抽噎起来。我偷偷走到阳台，点上了准备戒掉的香烟。这是一个忧郁的圣诞节。

这幢楼听说是汉城奥运会时期[①]修建的，已经破旧不堪。自来水压力不足，只能滴出一点点水，门框总是嘎吱嘎吱响。不过，最大的问题还是隔音。楼上冲马桶的声音，洗漱的声音，甚至床板晃动的声音，我们躺在床上都听得清清楚楚。亲热的时候还要互相堵住嘴巴。褪色的楼房，像被遗弃的博览会展览馆一样，萧瑟荒凉。

尽管这幢楼房没有一处让人满意，我还是欣然签下了入住合

①第二十四届夏季奥林匹克运动会，于1988年在韩国首都汉城（现名首尔）举行。

同。主要是因为楼前有一座宽宽的荒山。种种在市中心难得一见的树木，茂盛地长在山上。这里可以看作这片小区的庭院。像是当初建筑公司配套建造的，它和小区完美结合。后来听人说，这里曾是军事基地，二十世纪八十年代后期被纳入开发计划，军队就转移到了郊外。也有过各种开发传闻，说是要建公园、住宅小区、公路等等，但后来都没了下文。

只有树丛边缘的一道铁丝网和废弃的水泥建筑物，表明这里曾经是军事基地。锈红的铁丝网残破不堪，有些居民穿过铁丝网进出树丛。

“那个丑东西为什么放着不管？”

有一天，我问小区管理所所长。铁丝网不仅挡住了通往树丛的小路，还不甚美观。我不明白他们为什么长时间放着不管。

“有问题吗？”

所长好像觉得我的问题莫名其妙。奇怪的是，没人抱怨这个丑陋的东西。我跟几个住户聊过这事，他们的反应都差不多。他们对铁丝网十分宽容，可以说是无动于衷。我对他们的反应感到不舒服，但还是决定听从所长的建议，不去理睬。他说得很诚恳，看起来不像有任何私心。不过，他那股认真劲显得很别扭。不管怎么说，楼前有一片树丛总归是值得高兴的。

“有没有听到喇叭声？”

一个雨夜，在床上辗转反侧的妻子说。

“等等，又能听到了。”

我静静地倾听。妻子说得对，确确实实是喇叭声。

“对，是喇叭声。”

“大半夜怎么会有喇叭声？”

“是楼上的吧？可能是收音机、电视机的声音。”

我说，没什么大不了的。平时楼上就经常传来各种声音。但妻子觉得不对劲。

“好好听听，明明是外边传来的声音。”

仔细一听，确实是从外面传来的声音。我下床走到阳台上。四周笼罩在黑暗里。不用怀疑，喇叭声就是从楼前的那片树丛里传来的。我凝视着它。停车场和树丛被铁丝网分隔着。路灯的光源不足以推开黑暗。雨后，万籁俱寂。也许起风了，树丛随风轻轻摇晃着庞大的身躯。不论白天黑夜，那里总是有风，发出窸窸窣窣的声音。片刻之后，喇叭声停了。此后，整个冬天，树丛里再也没下过一场雨，只是有几次飘起了雪花。我再也没有听到喇叭声。就像所长说的，确实没什么问题。白昼变短，我的上下班时间越来越紧张。

整个冬天，我再没去过那片树丛。上班路途远了，花费的时间比之前增加了一倍，让我筋疲力尽。为了贴补家用，我下班后还要去前辈开办的补习班教数学课。早晨洗脸时还流过鼻血。周末用来补觉，也无暇散步或健身。妻子也和我一样忙碌。如果想回首尔，她只能去上班赚钱。我们暂时不要孩子。如果有了孩子，除非中彩票，买房回首尔比登天还难。每天上下班挤车，就像打仗一样，先坐一个小时的公交车，到了首尔再换乘地铁。每天奔波劳累，我们早忘了喇叭声。春天又到了，喇叭声再次响起。

今年春天雨下得很多。不知从何时开始，我一有时间就走进树丛。铁丝网的锈末，像花粉一样被风吹散。当我穿过铁丝网的缝隙走进树丛，一切声音都被挡在外面。汽车声、孩子的哭闹声、楼上床板的咯吱声，一切微弱的声音都消失殆尽。在树丛里，风都是沉默的。只有我的呼吸声在一片寂静中显得特别。又响起了喇叭声。

雨水把树丛渐渐染成浓绿色。迎春花、金达莱、樱花次第开谢。现在，在铁丝网下，玫瑰花生机盎然。怒放的玫瑰比锈迹斑斑的铁丝网更红。夜幕低垂时分，树丛的边缘围着一圈赤红色。铁丝网的断裂处不长玫瑰，接续处的玫瑰却格外鲜红。玫瑰围绕着树丛。以玫瑰始，以玫瑰终。那时正值五月，那片树丛里发现了遗骸。发现遗骸的人是我。

前一天下了一场不小的春雨。雨是午夜时分下的，照样传来了喇叭声。雨停后的清晨，我走进了树丛。铁丝网淋了一夜的雨，显得更红了。红色的锈水滴落在玫瑰花上。也许是被喇叭声吸引，我走进了人迹罕至的中心地带。听说，几年前有个孩子被哑弹炸掉了一条胳膊。据说，地底下还能挖出废弃的弹片。

树丛很深，很茂盛。我一直走到小路尽头。昨夜的雨水冲掉了泥块，露出白色的东西，走近一看，那是一具遗骸。我去找了所长。不知道这具遗骸被掩埋了多久，也不知道死者是谁。所长哑口无言，他不能像上次那样说没什么问题。当我们扒开泥土，最终确认是遗骸时，所长用责怪的眼神看我。

“大清早你来这儿干吗？”

“这不是重点吧？”

“问题是……”

所长说不下去了，把一口浓痰吐到我的脚边。我有点不快，但没有表现出来。警察不久就到了。发现遗骸的地方，被警戒线围了起来。玫瑰还是那么红，它可不管有没有发现遗骸。然而，问题还是在于玫瑰。我想说的不是遗骸，而是玫瑰，是由玫瑰触发的记忆。我至今还记得那栋玫瑰花开得格外红艳的房子。人们叫它玫瑰苑。

在我的记忆中，有一栋废弃的房子，院子里有鲜红的玫瑰花。好像在那个年代，每个村子都有这么一栋废弃的房子。流传着许多和它有关的扑朔迷离的故事，没人知道它被废弃了多久。那是我们这些小屁孩暗黑想象力的源泉，是大人们不屑一顾和远离的对象。每到五月，在几乎塌陷的围墙里，玫瑰花恣意地生长。人们叫它玫瑰苑。

听人说，住在这栋房子里的一家人，先后都得了怪病，医治无效，接连死去。那个古怪的名字，加深了凶宅的诡谲气息，也引发了孩子们无穷的好奇。二十年后，那栋房子仿佛仍在眼前。有些记忆，反而随时间的流逝越发清晰。

玫瑰苑深藏在围绕村子的松树林中。四十户的小村子，以水井为中心，连墙接栋，只有玫瑰苑偏居一隅。想去玫瑰苑，先要绕过本地唯一一所高等学校 K 农校，然后再穿过松树林。不过也可以径直穿过农校的操场，翻越学校高墙。玫瑰苑与我们隔着一所学校，对我们来说仿佛存在于另一个世界。

“听说下雨天玫瑰苑里有小孩子的哭声。”

“大人说，只要进了玫瑰苑，就会染上传染病。”

“传染病？”

“就是伤寒。”

“你们知道那儿的玫瑰为什么那么红吗？因为下面有尸体，就像施了肥一样，所以玫瑰才长得那么好。”

灰头土脸的孩子们玩累了，就坐在墙角的向阳处，说起玫瑰苑来。都是些未经证实的惊悚传言。不过对于孩子们来说，真假并不重要。只有一件事值得兴奋：笼罩着诡异氛围的凶宅就近在咫尺。

玫瑰苑强烈地吸引着我们。它就在眼前，却属于另一个世界。每次提到它，孩子们的眼里都放着光。恐惧与向往，把我们紧紧团结在一起。玫瑰苑是盘旋于童年岁月的终极阴影。关于它的想象，萦绕在我们的脑海里，仿佛能吞噬一切怪物。

“你们想不想去玫瑰苑看看？”

有个家伙压低声音，语速极快地说道。每个人的心都怦怦乱跳，紧张地躲避别人的目光。那地方是连大人都不敢去的。

“真的？进去会感染伤寒……”

“我爸说千万不能去。”

“听说，魔鬼专吃小孩。”

孩子们纷纷表示反对。其实不用真的去玫瑰苑，仅仅传说和想象，就能满足我们的好奇心。谁都没去过玫瑰苑，所有人都对它一无所知，却好像无所不知。然而正因为无知，我们才可以尽情地想象。也许不必真的冒着风险一探究竟。

“怕了？”

没有人敢说话。像是被施了咒一样，一切争论和借口都被压制住了。

“谁说怕了？我只是说应该小心一点。”

有个家伙红着脸辩解道。我们不想当胆小鬼，每个人都做好了准备。玫瑰苑让人恐惧，不过更让人恐惧的是被同伙当成胆小鬼。一听到“胆小鬼”三个字，大家都咬紧了牙。玫瑰苑，想想都让人毛骨悚然，却也让人兴奋不已。说出去的话就像泼出去的水，一旦有人提出去玫瑰苑，它就变为既成事实。于是，我们就像着了魔似的开始策划玫瑰苑之行。那应该是一九八二年，棒球联赛开幕，正值玫瑰花欣欣向荣的五月。

“你为什么大清早来这儿瞎逛？”

警察说得跟所长一模一样。两个人一致的态度，倒让我哑口无言。我只好用辩解的口吻说：

“我没瞎逛啊。”

作为第一个目击者，我不得不推迟上班，接受警察的问询。我给组长打了电话，说要晚点去上班。组长问有什么事，我说发现了偷埋的遗骸。“遗骸？”组长有点听不懂遗骸的意思。“我在离家不远的地方发现了一具骸骨，需要接受警察的问询。”我不知道这能不能成为迟到的正当理由。“哦！”组长没问我什么时候到岗。他好像没有认真听我说话。

“不好意思。那请问，你为什么一大早去树丛里？”

“我去那儿的原因重要吗？”

我把说过的话又重复了一遍。警察的表情不太友好，好像在怪我自找麻烦。

“你们已经耽误了我上班，提一点有价值的问题好不好？”

“例行公事。以前好像没见过你，请问你是什么时候搬过来的？”

“去年冬天。有什么问题吗？”

警察露出意味深长的微笑。我有点吃惊，发现自己在模仿所长的语气。以前我抱怨隔音不好的时候，要求增加分类垃圾箱的时候，投诉自来水压力不足的时候，他每次都瞪着我，用这样的语气说：

“有什么问题吗？”

所长每次说话都斩钉截铁。面对他不容置疑的语气，我觉得自己差点成了麻烦制造者。

“我再问你一次，你早上为什么要跑到树丛里？”

警察毫不让步。我不想再辩解了。

“因为喇叭声。每次下雨都能听到喇叭声。现在满意了？”

从结果上看，我犯了傻，说了不该说的话。

“喇叭声？”

“是的，就是喇叭声。”

“能不能说得详细一点。”

我描述了一遍下雨天出现的奇怪喇叭声。警察认真地在笔记本上做了记录。偶尔问一句：“您能肯定吗？”如果我能再冷静一点，就不会提起喇叭声，直接说重点，老老实实地去上班。正如警察说的，那是例行公事。他们想知道的不是喇叭声一类的证词。现在，真相让所有人都陷入了难堪的境地。被埋进地里的遗骸受损严重。

“怎么样？”

所长插话道。

“你想知道什么？”

警察皱了皱眉。早晨的阳光透过杉树投射下来。在警戒线里面，他们正挖掘着遗骸。

“好像死了很长时间。”

警察没有回应所长的话。

“听到过喇叭声吗？”

警察问所长。

“喇叭声？”

所长有点摸不着头脑。他来回看着我和警察，神色茫然。我后悔提到了喇叭声，就闭口不再说话。风不停地摇晃树丛，树丛里却静悄悄的。我想，风去了哪里？在吞噬了风的树丛里，我想起了过去的一栋房子。和传闻不同，那栋玫瑰特别红艳的房子里，有人居住。

夕阳收起了最后一丝光线，慢慢陷入世界的边缘。夜幕覆盖万物之时，我们向玫瑰苑出发了。其实，白天去也不是不行，但那是胆小鬼的做法。为了看到玫瑰苑的真容，我们选择在日落后出发，这样才对得起玫瑰苑的名声。白天的玫瑰苑，不是真正的玫瑰苑。为了表明自己不是胆小鬼，我们一致同意晚上出发。我们准备了绳子和手电筒。有人还提议带刀，但立刻被否决了。因为大家都认为，玫瑰苑的危险，不是一把刀对付得了的。说到这里，刚刚还七嘴八舌出着主意的孩子们，表情霎时凝重了起来。当想象变为具体事实，恐惧也变得真实了。

“谁要是害怕现在就退出吧。”

有个家伙说。

“我要在那儿刻上我的名字。”

“我要在玫瑰苑的墙上撒泡尿。”

“我要用玫瑰花做一个花环。”

“你要把花环送给小欣？”

孩子们你一言我一语，由于紧张，嗓门高得离谱。关于玫瑰苑的恐怖传闻，以及即将开始的玫瑰苑之行，让我们汗毛倒竖，但自尊心不允许我们退缩。尤其不能让小欣认为我们是胆小鬼。

小欣是刚开学时转来的女孩子，粉脸蛋，白白净净的。我们这伙人都喜欢她，可她有点内向，而且经常被女生们围着，我们一直得不到机会跟她说话。由于我们学校转出的多，转来的少，女生们也对她很好奇。她在学校里十分引人注目：白净的脸，一身洁白的连衣裙；会弹风琴，在音乐课担任伴奏；经过走廊时，步态轻盈得像一只猫。

有两条路线可以到达玫瑰苑，我们选择了横穿K农校的那条。如果绕过农校围墙，沿着松林走，要多花两倍的时间，还有可能碰上凶猛的野狗或从山上下来的浣熊等动物。松树林很茂密，缺少阳光，林深处还有毒蛇出没。我们决定大胆翻过农校的围墙。

“墙太高，不好翻过去吧？”

“进去的时候爬正门，出来的时候爬后门。小鬼们钻后门的狗洞吧。你从狗洞钻过去，村里的狗以后就管你叫大哥了。”

同伙中个子最高的家伙哈哈大笑。

不知不觉间，天黑了，半弦月兀自挂在夜空的一角。横卧在陡坡上的校舍，默然注视着操场，窗玻璃反射着惨白的月光。长长的帘布挂在窗上，好像一阵风刮来，就能立刻被吹上漆黑的夜空。

我们不走松树林那条路，不是为了赶时间，而是因为害怕。夜幕下，松树在风中沙沙作响，给人一种不可名状的恐惧感。没有亲身经历过的人是不知道的。然而事实证明，我们想错了。寂静的教室同样令人毛骨悚然。

“好像有人在看着我们？”

有个小伙伴说。

“谁？”

我问。

“三楼最右边那个窗户。”

孩子们的视线齐刷刷地朝校舍望去，有个东西在晃来晃去。

“是不是鬼火？”

“手电筒吧？”

仔细一看，确实像手电筒。孩子们松了一口气，还好不是鬼火。光源像活物一样搅动着黑暗，慢慢从校舍的左边向右边移动。黑夜笼罩下的操场比想象中空旷。在破旧的校舍一角，在枝繁叶茂的梧桐树下，在灌木丛里，好像随时会有什么东西猛地蹿出来。带头的那个家伙，用手电筒在黑暗中扫来扫去。然而手电筒只加重了黑暗。巨大的操场上，孩子们匆匆迈着碎步。可是这块操场却好像永远也走不完。操场上的空虚，比世上的一切死亡更显得毫无意义。我们依靠恐惧，才勉强抵抗着无意义。如果没有恐惧，这一切都会变得无法忍受。刚才在三楼晃动的微光，现在消失得无影无踪。

从教室的方向传来一阵狗吠，细长的光柱从漆黑的角落闪出。听说他是新来的校警，带着两条狗。村子里的猛犬见到他，都夹起尾巴逃之夭夭。有人说，他的一只眼睛是狗眼睛。因为手艺高超，他做出来的狗肉味道鲜美，村里谁家宰狗，都请他去帮忙。我只远远地见过他几次，他说起话来恶声恶气的，村里的孩子们都非常怕他。他的那两条恶犬，也让孩子们恐惧。从前，学校是顽童们的乐园，校方不堪其扰。然而自从他来了以后，这里就寂静了下来。孩子们管他叫狗贩子。

“什么人？”

可怕的喊声从黑暗中传来。突然，狗咆哮起来。孩子们径直跑向学校围墙，已经顾不上被人说是胆小鬼。光听叫声就知道是恶犬。

“快翻墙！被抓到就死定了。”

狗叫声突然迫近。当我们跑到墙角时，两条恶犬已经快要扑到身后。我们逃跑时弄丢了手电筒，眼前漆黑一片。围墙很高，单凭自己翻不过去，需要有人从上面拉，有人从下面托。这时，两条恶犬快咬到我的脚后跟了。

“快把我拉上去。”

我跑得慢，落了单，慌张地大喊。狗吠声已经近在咫尺。我个子最小，高高的围墙像峭壁一样挡在前面。先爬上去的小伙伴伸手想要拉我。可手上全是汗，试了几次都没有抓牢。我贴在墙面上挣扎几下就掉了下来，摔了个屁股墩。

“笨蛋！抓紧了！”

“别丢下我！”

我的恐惧到了极点，就算掉进地狱的火坑里，也不过如此。除非发生奇迹，我已经插翅难飞了。狗吠声震耳欲聋。我看不到我的小伙伴，我被他们抛弃了。我感到绝望。没想到绝望竟如此简单。但我不敢想象自己被狰狞的恶犬撕咬的惨状，只得蹑手蹑脚地顺着墙根爬。围墙另一头隐隐传来呼唤我的声音。手掌和膝盖火辣辣的，但我仍拼命向前爬。狗迟疑了片刻，好像闻到了气味，哼唧哼唧地朝这边靠拢。看来跑不掉了，被抓只是时间问题。我抱着最后一线希望，朝后门爬去。

学校后门已经触手可及。这时，我听见了狗呼哧呼哧的喘气声。绝望的一刻，奇迹发生了。后门旁边的围墙上有一个小洞！傻大个儿没骗人。这是唯一一个通往另一世界的出口，我立刻钻了进去。平时不该抱怨妈妈把我生得又瘦又小。脑袋和肩膀顺利到了对面，但当我从洞里抽出屁股时，狗咬住了我的后脚跟。我吓得忘了喊叫，用另一只脚拼命地踹，几乎要昏厥过去。最后，在我的拼死挣扎下，那只脚幸运地抽了出来。狗的体型太大，从洞口钻不出来。我惊魂未定，发现一只运动鞋不见了。那是儿童节在县城集市上买的。围墙另一头，丢掉猎物的恶犬狂叫不止，简直要把墙叫塌。我长舒了一口气，但一想到那只鞋，眼泪便止不住地往下流。

“快跑啊，别愣着。”

是他们。

“后门开了，狗贩子要追上来了。”

他们大呼小叫。灯光在后门闪来闪去，我们吓得往松树林方向跑。地面坚硬不平，每踩一下，我都疼得龇牙咧嘴。很快，我就忍不住捂着脚在地上打滚。脚底流了血，像针扎一样疼，迈不动脚步。突然，我的目光越过陡坡，玫瑰苑映入了眼帘。夜雾中，它仿佛近在眼前。传说中无人居住的玫瑰苑里，居然亮着灯。

“别愣着，想被抓啊！”

孩子们惊恐未定，狗叫声已经听不到了。我累得瘫坐在地上说：

“玫瑰苑亮着灯。”

“大清早你为什么一个人来这儿？”

一个自称军方人士的男子说。所长和警察也问过同样的问题，所以我一点都不吃惊。假如军方人士提了不一样的问题，我反而会感到意外。

先前回答管理所长和警察的那句话，我对自称军方人士的男子又重复了一遍。非常遗憾，没有其他答案，如果有，我现在已经坐在自己的办公室里了。他们表示了怀疑，尤其是对于喇叭声，问我那是不是幻听。我确信不是幻听，不过后来还真有点怀疑自己是不是听错了。军方人士告诫我，在国立科学搜查研究所查清遗骸身份之前不要乱说话。当他结束问询，转身要走的时候，我说：

“为什么不把那片铁丝网拆了？”

他困惑地看了我一眼，表情木然，似乎在说，那有什么问题吗？

他们翻来覆去地询问，最终还是耽误了我的上班时间。这一天只能用月度休假冲抵了，我本来打算和夏季休假连休的。那天晚上召开了紧急居民会。妻子来电话说，有夜班，要晚点回来。通知会议的广播声震耳欲聋，是所长的声音。妻子问，没出什么事吧？我犹豫了一下，告诉她没事。我没去参加居民会。到了晚上，闹哄哄的人群逐渐散去，警察的呵斥声也听不见了。可能有记者来采访过，电视上播出了一条新闻。据称，有人发现了一具遗骸，但遗骸损坏严重，无法辨认身份信息。一个人吃晚饭一点胃口都没有，我吃完就到楼下商店买烟。在商店门口，店主和一个女人在说话，表情十分严肃。这个女人我在电梯里见过几次。

“居民会开完了吧？”

“他们说一到下雨天就有喇叭声。”

“说话注意点。要是传出去，咱们这楼就成白菜价了。就因为那片树丛，再开发迟迟定不下来。再有点风言风语，这幢楼就彻底没指望了。树丛里挖出个死人，传出去像话吗？你说他没事干吗往那儿跑？”

“可不是吗。”

“听说他是去年冬天搬来的。”

她们一看到我就不说话了，目光里充满了毫不掩饰的敌意。我赶紧走出了商店，烟也没买。昏黄的路灯下，玫瑰篱笆更加夺目。电梯门打开，我加快了脚步。电梯里站着住在楼上的女人。

“等一下。”

眼看电梯门要关上，我喊道。电梯门还是关上了。爬楼梯时，电话铃响了。补习班的电话。他们说学生等了很久，现在都已经回去了。我赶紧道歉，答应周末一定把课补上。

走到八楼，我已经上气不接下气。正想从兜里拿钥匙，电话又响了。是房主。他劈头盖脸地叫我马上把房子腾出来。我说合同还没到期。他说他可以替我支付搬家费用，留学美国的儿子突然要回国。我不相信他的话，但大概能猜得出他为什么要说谎。我感觉有点累，明确拒绝了他，就把电话挂了。过了一会儿，响起手机信息提示音。我关掉手机电源，凝视了一会儿我家的房门，转身往外走。

我来到外面，走向玫瑰花盛开的铁丝网。就像传闻一样，篱笆上布满玫瑰藤蔓。那天我丢了一只鞋，拖着伤脚往回走。没有手电筒，我只能摸黑穿过树丛，比穿过高等学校的操场还要心惊肉跳。我不记得自己是怎么回到村里的。幸运的是，我没有遇到野生动物。那是不幸中的万幸。后来，没人再提议去玫瑰苑了。刚开幕的棒球联赛吸引了大家的注意力，玫瑰苑探险计划渐渐被淡忘了。我又穿上了旧球鞋。每次看到旧球鞋，那晚的不堪记忆便浮现在眼前。我也想过回去寻找丢失的那只鞋，但恐惧让我打消了念头。

穿过玫瑰篱笆，我走向树丛。树丛无声地隐藏着一切，没有一丝风。缓缓走在泛白的小路上，我没听到喇叭声。黑暗中，杉树泛着白光，玫瑰的香气躲藏着，窥视着。循着早晨的那条路，我又一次走进树丛的深处。遗骸的发现并没有改变什么，树丛里依然是老样子。那次大肆张扬的玫瑰苑探险，只留下痛苦的回忆。然而令人啼笑皆非的是，不久后我就有了访问玫瑰苑的机会。

暑假开始前那天，小欣把我叫过去，说要请我到她家去玩。我紧张坏了，紧张到当时的回答甚至没能留在记忆里。我好像说了声谢谢，又好像什么都没说。上课时，心一直扑腾扑腾乱跳。但我到了校门口就失望了，五六个孩子跟我一样等着小欣。那天是她的生日，班上的好几个同学都受到了邀请。

小欣住在玫瑰苑。县城来的孩子们并不吃惊，齐声夸赞玫瑰苑的房子漂亮。K 农校附近的小伙伴里，只有我一个人受到了邀请。关于玫瑰苑的种种传闻好像还没有传到县城。玫瑰苑以前是 K 农校的官舍，是古朴典雅的单层洋房。砖墙残缺不全，勉强支撑。庭院废弃已久，杂草丛生。一群鸭子在啄食，过了一会儿，鸭子又跑到了小欣的脚边。一只野猫趴在土堆上睡觉。一颗石子飞向正在打盹的野猫。猫惊叫着翻墙而逃。从石子飞来的方向传出一声怪叫。酱缸台后面好像有人。一个头大如斗的男孩蜷缩在后面，口齿不清地说着什么。他的表情看不出是高兴还是痛苦。

“是我弟弟。”

小欣说道。男孩跑到小欣的身边，她伸出手摸摸了他的头。

“姐姐不在的时候，你自己玩得开心吗？不要用石头打小猫，知不知道？他们是姐姐的同学，快来打招呼。”

男孩比小欣高出一头，依偎在她怀里，转着眼珠，冲我们痴痴地笑，嘴角还一直流着口水。小欣拿出手绢帮他擦干净，看起来很老练。县城来的孩子们目瞪口呆，没人跟他打招呼。小欣大大方方地把弟弟介绍给同学，他们都很吃惊。

我见过她弟弟。他在K农校附近经常被孩子们欺负，他们抢他的斗山熊[①]棒球帽，强迫他学兔子跳，叫他傻子。他只会嘿嘿傻笑，嘴里流着口水。我偷偷把脸转向一边，可他好像不记得我。我看到酱缸台边有两个很大的狗屋，狗屋上有一个很眼熟的东西。仔细一看，原来是我弄丢的运动鞋。好像洗过，干干净净的，缝补的地方很明显。这时房门打开了，和蔼的声音从里面传来。

“小欣回来了？”

眼睛里好像进了灰，我眨了眨眼睛。睁开眼睛时，远远地看到了警戒线，便朝那边走去。黄色警戒线里，已经挖出了一个小土坑。它不过是一个漆黑、虚无的土坑，看起来却很温馨。我跨过黄色警戒线，慢慢躺进坑里。它出奇安静。我在坑里躺下去，那些楼房都退出了视线之外。在首尔难得一见的星星，透过树枝闪闪发光。我躺在土坑里看着星星，突然想，小欣是不是也在看着那些星星？

① 斗山熊棒球队，隶属于韩国职业棒球联盟，成立于1982年。

你好，长崎

1

日本国对马岛州太守平义真奉书朝鲜国礼曹参议大人阁下……近日一艘蛮船漂流至我国五岛，岛主依例将其送至肥[1]之长崎。公厅问其来历，他们称自己是荷兰东印度公司的商人，从事鹿皮、砂糖、胡椒等货物贸易，在驶向我国途中触礁沉没，二十八人溺死。而幸存的三十六人则漂流至贵国的边境浦口，后被当地官吏逮捕。他们之后在一个叫全罗道的地方生活了十三年，其间数人死亡，如今仅剩下十六人。其中八人，去年夏天

① 肥前，日本古代的令制国之一，又称肥州。

偷盗一艘小船逃至我处，尚有八人留在全罗道。南蛮人常自称商人，但其中混杂着不少妖言惑众、图谋不轨的耶稣教徒，故而我国历来对之加以严惩。我谨奉江户幕府之命，向贵国询问他们的情况。他们久居贵国边境，贵国想必十分清楚他们是否为邪恶之徒。希望贵国重视与邻国的友好关系，将所知情况如实相告。*

2

亲爱的，我的记忆已经模糊，不记得上次呼唤你的名字是在什么时候。你的名字仿佛不见于航海地图上却突然出现在茫茫大海中的岬角，显得孤寂而又美丽。我喜欢柔声念你的名字。热恋时，喜欢在你的耳边轻声地叫你的名字。而每一次，你的耳朵都会霎时变红。“你为什么总是唤我的名字？”记得当时我是这么笑着回答的：“因为‘我爱你’这句话太平凡，你的名字才是最高贵的。”你呆呆地看着我的脸，突然大笑起来。你说我喃喃自

---

* 此信载于《通航一览》第135册，是“异国书契”“宽文六年鞠问阿兰陀漂人耶稣宗否”的一部分。本文引用了姜俊植《重读哈梅尔漂流记》（熊进出版社，2002年，第156—157页）中的译文，略做了改动。——本书中带*的注释均为原版注。

语的样子，像口诵蹩脚咒语的流浪巫师。我不在乎那是不是蹩脚的咒语，只想轻揉你的肩膀，轻抚你的金发，念你的名字。

玛格丽特！

回首往事，恍如梦寐。我无法忘记和你在一起的每一分每一秒。哪怕我在陆地上的全部记忆，像那在船舱外的汹涌波涛中一闪而过的海鸟，消失得无影无踪，我也不能将你遗忘。如果连这些记忆都不存在，我将成为行尸走肉，成为金发的猴子，无声无息地消失在异国的岁月里。我凭借回忆你，才勉强存活下来。

随着岁月流逝，记忆渐渐失去光泽与芳香。然而一些记忆，却像雨后的海岸线一样越发清晰。在我的记忆中，你的脸上布满了雀斑。但是不知为何，在我的脑海里，你的雀斑仿佛超越了日月星辰运行的规律，没有一丝一毫的变化。不管地球是否仍绕着太阳旋转，也不管大海是否仍然潮起潮落，你依旧是二十岁！二十岁并不仅仅是人生某一阶段的名字。它是赋予人生各个阶段的无数个名字中，最闪亮的一个。在艰难的异邦岁月中，尽管肉身疲惫，但回忆二十岁的你，却使我的灵魂芳香四溢。每当风雨欲来的月晕之夜，伴随着膝盖隐隐发痛，我陷入无限的思念。我的灵魂不甘于囚禁在异邦，至今仍徘徊在阿姆斯特丹的街头巷尾。贝内迪克特斯面包店的四旬节馅饼特别美味；

我们常去的码头上的埃博肯酒吧，水手们摩肩接踵；阳光明媚的时候，我们携手漫步在阿姆斯特尔河……那是美好而遥远的时光，你是我的守护天使，你是北斗星，给在大海中搏击海浪的男人指明方向。

离开阿姆斯特丹仿佛就在昨日，可弹指间已过了十三年。我仍清楚地记得，你在雨中的防波堤费力地向我挥手，隆起的肚子如同满月。你如今三十三岁，我起航时，孩子还在你的肚子里，现在应该长大了吧。如果是男孩，相信他的臂膀已经足够强壮，可以轻松地在帆桁上悬挂船帆；如果是女孩，相信她心灵手巧，可以娴熟地帮你处理家务。我始终引以为憾的是，上帝赐予的礼物如此高贵，我却没能起一个相配的名字。作为父亲，不知道孩子的名字让我寝食难安。这些日子，我总是感到恐惧。我害怕陷入回忆。而陷入回忆时，又害怕从回忆中醒来。从回忆中醒来时，又害怕重新陷入回忆中。

我坐在高丽亚[①]南端的一座小村庄里写这封信。没错，就是那传说中遍地黄金，连动物的脖子上也挂着黄金的高丽亚。然而遗憾的是，我至今没有见过脖子上挂着黄金的动物，哪怕是在神明般的国王居住的都城。巧舌如簧之辈尽管说得天花乱坠，不过

① 即朝鲜半岛。

都是荒唐的谣言而已。未知的国度高丽亚，并不是宝藏岛。* 连续几天夜里鬼压上身，我拼命地挣扎却醒不过来。我在这里就是孤魂野鬼。相比之下，陷入回忆并不是最糟的。

我们的船自台湾岛起航，驶向长崎，途中遭遇了风暴，漂流至凯尔法特岛。高丽亚人叫它济州。哦！可怕的暴风雨。全能的宇宙的统治者，主宰万物生死的上帝！我一个肉身凡胎，不敢妄自揣测上帝的旨意。如果说东印度公司的财产斯佩威尔号沉入海底是上帝的旨意，那么，我死里逃生，在这里写信，也只能说是他的旨意。至高无上的主的旨意是神圣的，然而降临在斯佩威尔号上的命运却如此残酷。威风凛凛的船头撞毁了，坚固无比的龙骨弯曲变形了。暴风雨持续了五天，那天晚上，船长把全部水手都召集到船尾，在风雨中开始祷告。船长是阿姆斯特丹人雷尼尔。随着时间的流逝，他的面孔在记忆中已经渐渐模糊。不过，每当滚滚怒涛声越过保护血肉之躯的围墙传入耳中时，我仿佛还能听到他的祈祷。上帝啊，请听一听雷尼尔的祈祷吧。

“诸君，请随我一起祈祷。作为水手，现在我们唯一能做的是赞美全能的主。恳请天父俯瞰迷途的羔羊，愿主耶稣赦免我们

---

* 1639 年荷兰政府派出一支远征朝鲜的舰队，名为“宝藏岛远征队”。远征队舰长盖斯特使用的地图上仅绘制着全罗道、庆尚道的部分地区及一些岛屿和暗礁。参考自姜俊植《重读哈梅尔漂流记》，第 196—197 页。

的罪。荣耀归于天父。光荣的仆人，永远赐福于我们。”

我不知道阿姆斯特丹人雷尼尔属于哪一教派，但可以肯定地说，那是我所听过的最虔诚的祈祷，仿佛一次终傅圣事[①]。有的人用手背抹着眼泪，有的人疯狂划着十字。虚假的希望都破灭了，我们准备听天由命。这时候，突然有人喊道：

“陆地，那是陆地！”

难道主耶稣真的听到了阿姆斯特丹人雷尼尔的祈祷吗？在火绳枪的有效射程范围之外，他张开双臂站在炼狱般的黑暗中。即便那是世界的尽头耶罗岛*，我们也会无怨无悔地奔向它。在地狱般的黑夜中，水手们跑来跑去，奋力地转舵、降帆。眼前出现了一线希望，那并非虚幻，而是实实在在的。斯佩威尔号的水手们奋力挣扎，然而主耶稣的怀抱还是那么遥远。正当我们扑向主耶稣的怀抱时，船撞上了暗礁，桅杆顷刻间倒塌。我掉入海水，拼了死命向前游，挣扎着爬上了陆地。我拼了死命，却并没有死。

可是，死亡近在咫尺。夜幕渐渐淡去，陌生的海滩上陈列着残忍的死亡。曾经在甲板上一起升帆、抽水泵的同伴，变成了一具具冰冷的尸体，被海水冲刷到海滩上。六十四位海员中的

---

① 天主教七件圣事之一，得名于司铎在危重病人身上涂抹经过祝圣的橄榄油这一仪轨，象征将病人付托给基督并求赐予安慰和拯救。部分新教宗派，如路德派，也举行类似仪式，但是不承认其圣事地位。

* 原托勒密世界地图上世界尽头的岛屿。

三十六位生还者，在陌生的海滩上像幽灵一样无助地徘徊。阿姆斯特丹人雷尼尔没有亲眼看到水手和美丽的斯佩威尔号葬身海底。他已经死了，枕着自己的胳膊，好像要小睡一会儿似的。作为船长，他做到了与船共存亡，生命的最后一刻堪称悲壮。

我们被一群戴着马鬃帽的人逮捕了，随后就被带到总督府。自然，他们的语言和我们不一样，长相不一样，服饰也不一样。他们对我们充满了好奇。然而我们只关心自己什么时候能回到家乡。我们只想重新踏上故土，平安回到家人身边，除此之外还能奢求什么。那些充满好奇心的人问了很多问题，但是我们一句也听不懂。对于那些听不懂的提问，我们异口同声地喊道：

“长崎！”

我忐忑不安地写这封信。担心这封信到不了你的手里，担心这封信落入懂荷兰语的那个人手里，担心装着这封信的葫芦瓶不能安全地漂流到东印度公司商馆所在的长崎海边。很早以前，先知们就教导后人要诚实。实话实说，我衷心希望这封信是无用的，希望这一整晚的努力都付之东流。因为过了这一夜，我们就要乘坐那艘偷偷买来的船，驶向大海。这是一次赌上性命的出逃。与其在异教徒的土地上绝望度日，我宁愿在逃跑的路上被杀戮。如果我们因计划失败丢掉性命，这封书信将成为我们这些被遗忘之人十三年的生活记录。我不怕死，只是害怕被遗忘。而这封信就是印记。

这不是我们第一次逃跑。之前策划的两次逃跑都失败了，一次是一六五四年，一次是一六五五年。我们不仅为此受到残酷的惩罚，还失去了两个伙伴。一六五四年，也就是漂流到凯尔法特岛的第二年，我们路过一个小村庄，发现了一艘装备完整的小船。我们派一个身手最敏捷的同伴，跑回驻地取来平时储备的绳子和面包。我们每人喝下一口水，便把小船推入了大海。但是由于不熟悉高丽亚的船只，很快就弄断了桅杆。显然，一艘没有桅杆的船是不可能到达长崎的。

高丽亚的士兵在我们的脖子上夹了一块又厚又沉的木板，还用锁链把我们的双手铐住，将我们押解到了凯尔法特总督府。木枷太过沉重，我们几乎迈不动脚步。仿佛人世间的全部罪恶都压在了脖子上。人世间全部罪恶加在一起的重量，使我们只能用膝盖艰难地向前挪动。凯尔法特总督问：

“你们为什么要这么做？”

我们坦率地告诉了他。

“想去长崎。”

“连水都不带，怎么去长崎？”

凯尔法特总督露出困惑的表情。

“与其被困在这里，还不如死。”

凯尔法特总督下令重罚我们。那是木制的东西，形状像船桨，手掌大小，圆头。总督的士兵用它抽打我们的脸颊，狠狠地抽打。他们好像认为人世间所有的罪恶都源于我们的脸颊。我被抽打了二十五下，两度昏厥。我在同伴的惨叫声中昏了过去，又从他们的惨叫声中醒了过来。士兵们面无表情，严肃得可笑。他们打的好像不是我的脸颊，而是人世间罪恶的根源。当时我的脑海里只有阿姆斯特丹。在他们的毒打之下，我是罪恶中的罪恶。我躺了整整一个月。

第二次逃跑失败的后果更严重。第二年，国王下令把我们押解到都城。不久，鞑靼人的使臣来访。阿姆斯特丹人亨德里克·詹茨和哈勒姆[1]人简斯·布思谎称去打柴，偷偷躲藏在使臣经过的路口。两人突然闯进由数百步兵和骑兵组成的护卫队伍，试图接触使臣。顷刻间，整个都城陷入了恐慌。国王通过贿赂使臣，把事情压了下来。两个同伴被投入监狱，而我们每人被抽打了五十次脸颊。被打时我没有昏厥。我的脸只是我的脸而已，不可能是人世间罪恶的根源。脸被打得皮开肉绽，但我还是咬牙不让自己昏过去。他们不可能压制我心中一丝一毫的罪恶。我想念着

① 荷兰西部城市，为荷兰最古老的小城之一。

阿姆斯特丹。我的脸落在了他们手里，但他们不能使我的精神屈服。

国王害怕外界知道我们的存在，尤其害怕鞑靼人知道。听说，国王年轻时做过鞑靼人的人质，所以他一直在暗中筹划北伐。[①] 国王十分不满，他似乎在军事战略上对我们抱有很高的期待。两个伙伴很快死在监狱里。不知道他们是被斩首的，还是病死的，因为我们没有被允许探视。

从两次逃跑失败的教训中可以知道，如果这次逃跑依然失败，我们很难保住性命。至少，国王在这个国家掌握着神一般的权力，然而他也没有解开永生的秘密。一六五九年四月，梦想北伐的国王带着遗憾离开了人世。国王一死，北伐的梦想便像去年冬天的雪一样，消失得无影无踪。如果我们逃跑失败，先王之子，也就是新国王，一定会砍我们的头。我对这个国家没有一丝留恋。逃离不仅是一个选择，而且生死攸关。

重要的是对你的思念。十三年的漫长岁月里，支撑我活下来的是对重逢的信念。这一切都是主的恩典。我祈求上帝，让我们的船安全抵达长崎，让这封信、这些文字变得无用。可以说，我一边写着这些字，一边祈祷它作废。如果这些文字有了用处，我将难逃一死，只能跟随那几位先我而去的伙伴去见上帝。

---

① 此处提到的国王是朝鲜孝宗，朝鲜王朝第十七代国王。

凯尔法特总督是一位仁慈的官员。虽然我们和他语言不通，但可以看出他很同情我们。心思缜密的总督派了一个会说日语的官吏，问了我们几个问题。

“你们是西洋的基督徒[①]吗？”

会说日语的同伴回答：

“是的。”

凯尔法特总督向我们保证，他会请求国王准许我们回到家人的身边。总督对我们的语言很感兴趣，经过学习，很快就能和我们进行简单的交流了。总督信守诺言，向国王呈报了奏章。高丽亚的国王居住在遥远的都城，我们需要耐心等待答复。听说，从这儿到国王的都城，海路有十三英里，陆路有七十英里。与传闻不同的是，高丽亚并不是岛国。我们居住在曾经囚禁过国王叔父的房子里，焦急地等待着国王的答复。

曾经的国王，也就是现任国王的叔父，在这所房子里结束了自己悲惨的一生。在等待答复的日子里，我想象着这位不幸的国王在绝望中等待死亡的日子。不知为何，我觉得这位素未谋面的异教徒是我的兄弟。失去了船只，失去了未来的水手们，他们的

① 原文为“吉利是段”，即日文キリスト，意为基督徒。

命运是沉重的。年轻的水手们每天早晨都强忍着泪水，因为被人遗忘是可怕的。他们害怕被人遗忘，被家乡人永久地遗忘。高丽亚国王的都城在很远的地方，遥远得我在梦中也看不到它。凯尔法特是多风的岛。

风之岛凯尔法特的人民，用与生俱来的慷慨接待了我们。他们乐于帮助我们这些迷途的羔羊，向我们施舍衣物和食品。他们的古道热肠，令我们这些把“爱你的仇敌”挂在嘴边的基督徒无地自容。不过现在想来，他们的热情款待也许是出于好奇。他们好像天生具有强大的好奇心。传达凯尔法特总督命令的是一位年轻的官吏，他对我们的语言表现出极大的兴趣。每次来传达总督口信的时候，都趁机学一个荷兰语词汇。这位出生在都城的年轻人，每次进门都要大声念诵刚学会的词汇，却总是把顺序颠倒。他大声念着：

> 肚子饿。长崎。我爱你。
>
> 长崎。等我。肚子饿。我爱你。
>
> 我爱你。肚子饿。长崎。等一等。帮帮忙。

他们使用两种文字，一种用于记录语言，另一种用于写作文书。记录语言的文字比较简单，书面文字则非常复杂。我一开始不理解他们的做法，但是现在好像明白了一点。高丽亚的异教徒们注重表面上的东西胜过一切，不太注意事物本身和它的实用性。他们非常在意自己在别人眼中的形象。上至国王，下至百姓，都非常在意别人怎么看待自己。使他们念念不忘的不是自己，而是别人眼中的自己。

后来我们被分配到保护国王的军队接受训练。高丽亚的异教徒们在进行军事训练时，仿佛肩负着全世界的苦恼。他们拼命训练，好像面对着世界上所有的敌人。不，也许是把全世界都当成了敌人。他们的敌意，传染性堪比鼠疫。我这个异邦的雇佣军也受到了传染，以至于把全世界都当成了敌人。但我无法理解我对敌人的仇恨。针对看不见的敌人的刻骨仇恨，让我坠入孤独的深渊。几年前鞑靼人越过“冰冻的河”* 发动战争时，跑进山里上吊自杀的士兵比战死的士兵还多。看不见敌人时，他们勇猛训练，而当敌人真实地出现在眼前时，他们就选择了自杀。他们并不认为自杀是可耻的。我无法理解，因为根据主的律法，自杀是不可饶恕的罪恶。根据彼得的律法，自己家人受到伤害时选择逃避的人，是背德者。他们像梅花鹿一样温驯，宁肯自缢也没有勇气去砍敌人的头。我对他们不可思议的温驯感到害怕。

---

* 指鸭绿江。

我们在国王叔父的流放地一直待到了那年秋末。我无数次梦到自己在长崎的海岸漫步，尽管从没去过那里。这个月很快就过去了，可是国王仍没有一点消息。随着时间流逝，大家开始焦躁起来。作为一个水手，我的眼里，大海的外面是大海，外面的外面还是大海。那位远在天边的国王，有可能把我们永远监禁在了此地。这个念头一直折磨着我。长崎就像阿姆斯特丹一样，似乎已经离我越来越远。人们看不到国王，也听不到国王的声音，这加强了他的权威。善良的凯尔法特总督偶尔宴请我们。他的宴请缓解了我们的乡愁，却没有使国王的消息快点到来。

那年十月末，我们终于收到了来自国王的消息。准确地说，国王派来了一个人。他不是来砍头的，因为砍头不需要专门派一个留红胡子的人。到了总督府，我们大吃了一惊。国王的使者是一个荷兰人。

谁能想象出现在总督府的国王使者是一个留着红胡子的人？红胡子男人戴着异教徒的马鬃帽。他用蓝色的眼睛专注地看着我们一行人。眼睛像晦日[①]的北斗七星一样明亮。这种目光只能属于那些长期忍受岁月煎熬的人。如今我似乎懂得了他都忍受了些什么。

---

① 农历每月的最后一天，这一天在地球上几乎看不到月亮，若天气情况较好，星星会显得比平日更亮。

真正能够看透一切的人并不需要睁开眼睛。我闭着眼睛也能感觉到一些东西。比如，对远在天边的敌人的仇恨，对充满幻象的世界的怜悯。如果有人说，那也不过是幻象而已，我确实无言以对。曾经爱过的人，现在仍然爱着的人，当我被他们遗忘的时候，我就不得不作为一个幻象，去忍受这个充满幻象的世界。但是我不能像高丽亚士兵那样，主动走进山里上吊自杀。因为，自杀并不会让幻象消失。我反而在充满幻象的世界和充满幻象的时间中找到了自我。不知从哪一天开始，世界宛如流星一样悄无声息地离我而去。在无数的幻象中，我的存在像浮雕一样越发清晰。我每天早晨为此哽咽不已。凯尔法特总督问道：

“你知道这个人吗？”

“是我们的同胞吧？”

我们齐声说。

“不对，他是高丽亚人。”

总督呵呵地笑着说。刚开始我们没听懂他的意思，但是后来渐渐明白了。国王的使者，也就是红胡子男人，他的荷兰语说得结结巴巴，像刚学会说话的孩子。

“你们是做什么的？从哪里来的？”

“我们是来自阿姆斯特丹的荷兰人。从福尔摩沙出发，准备前往日本长崎，中途被万能的上帝阻止。与风浪作战多天，触礁后漂流到了这座岛上。请问您是什么人？”

“我是德赖普[①]人，叫扬·扬斯兹恩·韦尔特弗里。一六二六年乘坐荷兰迪亚号离开了祖国荷兰，一六二七年登上奥沃凯尔克号前往长崎，途中为了获取饮用水，上了岸，和另外两个同伴一起被捕。”

“那两名同伴现在在哪里？”

“他们在和鞑靼人打仗的时候战死了。”

“你住在哪里？”

“我住在王城。”

“你来做什么？”

“国王派我来调查你们是什么人，以及为什么要来这里。”

“你为什么一直留在这里？”

“我也曾请求国王准许我去长崎。国王说，如果你是鸟，可以飞到那里。但是根据我们的法律，不允许进入我国的外国人离开。我们会保护你的，一辈子留在这里就好。国王是不会允许你们去长崎的。”

德赖普人韦尔特弗里把最后一句话说得掷地有声。我们心灰意冷。我从他的语气中感受到某种被压抑的情绪。我无法估量他

① 荷兰北部小镇，距阿姆斯特丹约二十公里。

在异邦忍受的数十年岁月的重量。总督管他叫朴渊。正如总督所言，他已经不是荷兰人。站在我们面前的不是荷兰同胞，而是高丽亚国王的心腹。遗憾的是，我们不是鸟，身上并没有翅膀。国王并不想杀我们，可我们已经没有了希望。但韦尔特弗里证明，人是可以在无望中生活下去的。

韦尔特弗里说的是实话。国王并没有仁慈地恩准我们回到故乡。我们不是鸟，没有国王的恩惠，是不可能回去的。后来有一次，国王跟我们说了这样一番话：

“你们要在这里度过一生。根据我们的法律，外国人一旦踏上我们的国土，就不许离开。我会保护你们，去开始新的生活吧。今天设宴款待你们，请你们尽情展示才能。”

国王身着华丽的服装，向我们表示了同情。他为我们不能回到家人的身边而难过。然而国王的同情也不能凌驾于国法之上。国王的同情只在国法允许的范围内表现出来。他的真诚让我黯然神伤。因为他那无可置疑的真诚，夺去了最后一线希望，包括虚假的希望。面对国王的坦率，我们一筹莫展。

我们为国王和国王的大臣载歌载舞。国王的表情既严肃又天真。为了得到他的同情，我们卖力地又唱又跳。唱的歌关于故乡和海洋，那是做梦都想回去的地方。国王听得兴致勃勃。我们多么希望他能问问歌词的内容。第二天，国王命令我们做他的卫兵，希望这样有助于提高王室的威望。

第二次逃跑前，我们作为国王的卫兵，过上了新的生活。这不是主动选择的生活，而是被人赋予的。正是这一点让我无法接受。异教徒赋予的生活，对我们这些外邦人毫无意义。我通过仇恨无意义的生活，才艰难地存活了下来。国王对鞑靼人的仇恨是无以复加的，然而我们作为外邦人不可能了解得那么清楚。国王希望我们分享他的仇恨。然而我的仇恨对象是作为外邦人要忍受的无意义的生活。不论是高丽亚的国王，还是鞑靼人的军队，对我来说都是言语不通的异教徒。无论在灵魂上还是肉体上，我都是外邦人，不可能同一个异教徒一起仇恨另一个异教徒。事实上，我在国王的心腹——训练队长的手下，过着行尸走肉般的生活。

训练队长给我们每人发了一支火枪、若干火药和铅制弹丸。为了尽快发动对鞑靼人的征伐，国王的士兵们热情高涨地训练。鞑靼人的军队越过“冰冻的河”发动战争时，我的两位同胞在战斗中阵亡。在火药味刺鼻的射击场上，在野外训练时所站的半山腰上，我常常想起他们那被遗忘的凄凉命运。训练中，我们时而向无形的敌人射击，时而向无形的敌人摆开进攻的阵势。两个异邦人在与进入异邦的异邦军队的战斗中牺牲了，他们临死前的一刻，总是萦绕在我心头。他们的身世，让我想起了那位被废黜的国王等待死亡的日日夜夜。鞑靼人枪口下的孤魂，那位废君的孤魂，我无名的仇恨，都融为了一体。在无限的惆怅中，他们成了我的兄弟。

韦尔特弗里只曾简单提及他们的死亡。他说作为保护国王的卫兵，他们尽忠职守，壮烈牺牲了。敌人毫无敌意的子弹夺去了他们的性命，我想他们临终的那一刻是孤寂的。他们体味过的那份孤寂，让我心如刀绞。我好像能够想象，子弹打进身体的那一刻，展现在他们眼前的家乡街道风景和亲人的面容。如果换成我，我会看到你和我那未曾谋面的孩子。我不敢想象，心中怀着全然不属于自己的仇恨，思念着未曾谋面的孩子，作为国王的勇敢士兵战死沙场。我宁愿死在逃跑的路上，也不想这样死去。身为经营全球四大洋的荷兰东印度公司的水手，我更愿意葬身大海。对于一个水手来说，陆地是爱自己的女人和抚育子孙后代的场所，死亡则属于海洋。我身上没有翅膀，只能坐船去长崎。无论如何，我不想把自己的尸骨埋入异邦的陆地。

都城内疯传着怪诞的谣言。有人说，我们喝水的时候，会把鼻子拐到耳朵后面；还有人说，金发表明我们是水鬼。高官显爵们争先恐后地邀请我们参加宴会。高丽亚人的好奇心是不分地位高下的。就像在国王面前一样，我们也给高官显爵们跳舞唱歌。

他们十分高兴，而且喜欢我们的白皮肤。其实，他们一开始有点恐惧，只是后来才羡慕起我们来。在他们眼里，我们就像金发的猴子，围观的人里三层外三层，让我们寸步难行。训练队长看不下去，亲自出面保护了我们。深受国王信任的训练队长，拒绝把我们当成金发的猴子。他认为我们不是高官显爵的玩偶，而是国王的卫兵，是视荣誉为生命的训练都监的正规卫兵。

向鞑靼使臣求助的计划失败了。训练队长并没有因私废公，而是恳请上级给我们一个体面的结束生命的机会。国王的顾问和大臣们十分害怕鞑靼人知道我们的存在，请求国王把我们全部杀掉。当时，我想自己很快就会见到先一步去见上帝的同伴了。他们就如何处置我们进行了三天激烈的辩论。后来我们听说，主张死刑的人占多数。在高丽亚，国王具有神圣的权威，但也善于接受顾问和大臣的建议，并将这一点视为美德。命运并不掌握在我们手中。国王和训练队长虽然同情我们，但已经处于被动。高官对鞑靼人的恐惧，压倒了国王和训练队长对鞑靼人的仇恨。

一个同伴战战兢兢地问韦尔特弗里：

“您觉得会怎样？”

“你们只要能活过这三天，就可以放心了。”

后来证明，韦尔特弗里是正确的，但他当时满脸失望。我理解他的失望。他害怕自己一个人被留下来。平时，他是我们的顶头上司，一起接受训练队长的指挥，忠实地履行高丽亚人朴渊的职责。然而至少在那一刻，他却是流落异乡的德赖普人韦尔特弗里。

处于被动的训练队长，已经知道无法挽救我们的性命。身为耿直的军人，他主张给我们一个体面的结束生命的机会，并以自己的职位做了担保。我们每一个人要跟两个高丽亚士兵决斗，双方各自拿着相同的武器。如果我们在决斗中活下来，就进入下一轮决斗，直到死亡为止。形式上是决斗，事实上是处死。训练队长说服了其他大臣。他认为，这么做就可以让国王免受滥杀外邦人的指责。训练队长要以徒有虚名的决斗，维护国王的荣誉。

我们只想回到故乡。可是，生还故乡的可能性已经微乎其微。他们开了三天的会议，讨论如何处死我们。我觉得这一切都是闹剧，既不恐惧也不愤怒。我感到好奇的是，这个闹剧何时才能收场。如果这场闹剧落幕了，这个世界将如何继续存在下去。他们下达了禁足令。反正我们也无处可去。

由于禁足令，我们只能留在住处。我又一次想起了那两个在与鞑靼人的战斗中牺牲的荷兰人。他们很英勇。但他们用生命抵抗的其实并非鞑靼人的异教徒军队，而是无法选择的命运。可我没有权利选择死亡。国王怜悯我们，但除了国王的怜悯，我们无所依靠。我什么都做不了，只能把生命交给上帝，唯有在上帝的怀抱里，才能逃离这个世界的无意义。

我们匍匐在国王的弟弟经过的路上，请求宽恕。国王的弟弟主持了会议，讨论如何处置我们。他和国王一样对我们满怀同情。他们的同情心，保护了被大臣的敌意包围的我们。国王没有杀我们，但也不能把我们留在身边，为了安抚大臣的不满，最终下令把我们流放到外地。大臣的敌意来自恐惧，是盲目的。虽然高官们想杀了我们，但他们却不想以自己的性命为赌注实现这个目的。

我们离开都城的那天，外面刮着大风。凛冽的风卷起了沙粒。不知名的花瓣从眼前掠过，这个春天恍然如梦。一些朋友出来送行。对我来说，除了故乡，任何地方都是流放地。韦尔特弗里一直把我们送到城外的河边。他一路上没说一句话，显得很疲惫。我们登上了渡船，送行的人也都回去了。韦尔特弗里独自站在岸边，渐渐变成一个小黑点。我不记得自己有没有向他挥手，后来再也没见到过他。他又一次成为都城里唯一的荷兰人。

我们来到了靠海的一座县邑。兵营就设在县邑里。流放地的生活孤苦无助。在这个靠海的地方，我们总是梦到长崎。兵营司令官那柄杀气腾腾的剑，也没有让我放弃最后一丝希望。斯佩威尔号撞上暗礁的那一刻，流放的生涯就开始了。我们在这里熬过了几个凶年。长崎离这里不远，希望属于那些坚持下来的人，我下决心要坚持到底。终于等到了机会。

破晓时，我要给十三年的流放生活画上句号。不管是划船去长崎，还是被拉到刑场，我们的命运将由上帝来决定。如果说死亡是另一种流放的开始，我一定要活着抵达长崎和阿姆斯特丹。如果命运阻止我的计划，我宁肯堕入地狱，也要藐视这强加给我的命运。通过藐视，我将获得自由。也许，我会为了这个国家的国王，在与鞑靼人的厮杀中阵亡。不过即便如此，那也是我一个人的战争，属于我一个人的死亡。我飞快地划动船桨，穿过军船的警戒驶向长崎，途中也许会死于追击的舰船发射的炮弹。不过，这仍是属于我自己的逃亡，就算葬身海底也是为了我自己。为了自己小小的希望，心甘情愿地赴死，从这个意义上来说，我已经是一个自由人。

我听到了清晨的第一声鸡鸣。信只能写到这里了。我会向主祈祷，让这封信毫无用处。晨曦初露，这将会是劳累的一天。想吃你烤的黑麦面包，如果抹上新鲜的野草莓果酱，就更有味道了。你现在睡觉的时候还会轻轻地打鼾吗？我有时怀念你的鼾声。我生平做得最正确的一件事就是爱上了你。不必太担心以后的日子。我不能轻易闭上眼睛，因为我让你一个人养大了孩子。我祈求上帝赐福于你，并照耀你未来的日子。今天无论生死，我都将属于大海。作为真正的水手，这足以让我心满意足。我那贫瘠的灵魂，因你的爱情而变得丰饶。

3

朝鲜国礼曹参判朴世模奉复日本国对马太守平公阁下……一六五三年一艘南蛮船漂流至我国近海，一行人大半溺死，幸存者仅三十六人。他们相貌古怪，我们听不懂他们的语言，也看不懂他们的文字，未能查清其来历。他们在此地以捕鱼为业，并无其他技能。如果发现他们蛊惑人心，我们怎会容留他们？如果他们是耶稣之徒，对严厉禁止耶稣教的贵国避之唯恐不及，为何还要盗取小船自投罗网？留在我国的八人和逃至贵国的人都是一样的，询问他们自然就会明白。*

作者注：这封信当然是虚构的，故事取自《哈梅尔漂流记》。简言之，这封信虽然是虚构的，但也不全是虚构。《哈梅尔漂流

* 此信收录于《朝鲜史料全集》第四辑，第 93 页。本文参考了姜俊植《重读哈梅尔漂流记》的译文，第 167—168 页。

记》的作者是霍林赫姆[1]人亨德里克·哈梅尔，他成功逃到长崎后，记录下了自己在朝鲜的经历，以便向荷兰东印度公司申请支付拖欠的薪水，题目为“从一六五三年八月十六日‘斯佩威尔号’遭遇海难，到一六六六年九月十四日幸存水手中的八人从高丽亚国王管辖的凯尔法特岛逃往长崎的经历，以及朝鲜的百姓习俗、国土情况——致荷属印度总督约翰·马绥克阁下及评议院”。在我这封虚构的信中，哈梅尔的经历还参考了姜俊植的《重读哈梅尔漂流记》（熊进出版社，2002年）和金泰镇的《哈梅尔漂流记》（西海文集，2003年）。

① 荷兰南部城市。

解读　不停滑落的“连接”

禹灿济（文学评论家，西江大学国文系教授）

1.“连接”的绽出与感觉的“连接”

金劲旭在第二部短篇小说集《去见贝蒂》（文学村出版社，1999年）的作者后记中写道：“如果明天地球毁灭，我要去见贝蒂；如果明天地球没有毁灭，我也要去见贝蒂。”作者还补充道，那是眩晕症似的诱惑。贝蒂究竟是谁?“贝蒂是爱人同时也是娼妇是生同时也是死是希望同时也是绝望是天使同时也是恶魔是过去同时也是现在是地球同时也是火星是查理·卓别林同时也是奥丽维娅·赫西是《英雄本色》同时也是《天堂陌影》等等。”贝蒂可以是一切，也可以什么都不是。贝蒂是将正与反、矛与盾融合为一体的存在。那么，贝蒂究竟是谁？“任何人都能去见贝蒂”，“任何人都见不到贝蒂”。但他为什么说“要决绝地用一生”去见贝蒂呢？

我记得自己曾带着这样的困惑，急不可待地翻开了这部短篇小说集。《去见贝蒂》讲述的是发生在《伊甸园之东》影迷聊天室里的故事。主人公是ID为“阿飞”的网友。“阿飞”显然就是他本人最喜欢的电影《阿飞正传》里的主人公。他说，“我需要与某人或某物发生‘连接’。”当然，这里的“连接”指的是进入网络聊天室。在虚拟空间里，“连接”体验是存在的场域，而进入聊天室的唯一目的，就是和“贝蒂”发生“连接”。ID为贝蒂的网友是《巴黎野玫瑰》的狂热粉丝。聊天室里的话题主要围绕贝蒂和电影。但谁都“不知道贝蒂是什么人”。没人知道“贝蒂”是男人还是女人，也不知道这个人住在哪里，从事什么工作。人们只知道，他（或她）“最喜欢的电影是让－雅克·贝奈克斯的《巴黎野玫瑰》，想成为碧翠斯·黛尔，不喜欢布鲁斯·威利斯和理查·基尔的电影，近来最受感动的电影是《烟》”。关于贝蒂只有这些零碎的信息，不过“我”仍然为了见到贝蒂而不断“连接”聊天室。

众所周知，网络聊天室的匿名性比假面舞会更彻底。在这个空间里，每个人都用化名活动。人们戴着有别于现实自我的假面，在聊天室里参加假面舞会。我不敢确定这是不是“绽出”[①] 的一种形态，但的确可以借此挣脱现实世界的束缚，自由地出逃。“大家不想也不愿意看到别人的真实面孔。”虚拟空间提供的正是这种“完美的匿名性”。主人公声称，完美的匿名性是支撑“伊甸之东”的重要基石。每次进入和退出，都能体验到“像躺在阁楼里一样的安全感”。另一个重要的基石是“奇异的紧张感”。奇异的紧张感，不单来自匿名性遭到侵犯的恐惧。当他们“与世界发生‘连接’时不仅体验到了狂喜，还体验到了被世界遗弃的恐惧。那种恐惧仿佛随时可能引爆的炸弹”。

引人注目的是，作者将重点放在了“连接”的喜悦和“断连”的恐惧所构成的紧张感。金劲旭小说的想象力似乎就源于这种紧张感。“连接”以互联网为轴心的虚拟世界或电影、电视等大众虚构文化，获得“存在”的全新经验，并以此实现另一种“存在”的形式——绽出。这便是金劲旭小说的核心：一、借助虚拟现实的虚拟性及隐蔽性，反思并重构现实；二、与其置身于模仿“存在”的虚构，还不如无畏地置身于模仿虚构的“存在”中。作者就这样引导读者走向新的观点。

① 原文写作“탈존（脱存）Ek-sistence”，海德格尔曾将“存在”表述为“Ek-sistence”而非“Existence”，指主体在自身之外的某处显现或出现。

2. 不孕时代的裂缝和“连接”的想象力

“我们见面真的合适吗？”在聊天室这个假面舞会上认识的“阿飞”和“贝蒂”，虽然疑虑重重，但还是约好在现实世界中见面。然而，他们的计划最终还是没能实现。在真实世界里遭受挫折的主人公想：“也许，焦躁地等待的不是贝蒂，而是ID为‘阿飞’的另一个自己。”然而即便如此，也并不意味着他就能够发现全新的自我，并不意味着他的灵魂就能够得以超脱。因为，自我发现是一个混沌的过程。金劲旭小说中的人物在真实世界里，都是人际关系上的失败者。恋人们无奈选择分手，夫妻轻易选择离婚，不想离婚的夫妻们则拒绝生育或无法生育。他们没有可以交心的朋友，没有可以畅谈心事的同事，也不梦想美好的未来。简而言之，他们以悲观的态度面对世界。金劲旭在第三本小说集《谁杀了科特·柯本》（文学与知性社，2003年）中，集中表现了其小说形成的过程、特性，以及他的世界观和格局。

曾经有这样一个少年，他说“不吃饭都没关系，只要有电视看就可以”（《美林艺术剧场》）。只要听到有人说起《机器人跆拳V》等动漫电影，在梦中都会醒过来；为了看动漫电影，提前把九九乘法表全部背了下来。少年不是吃饭长大的，而是在漫画、电影、电视等文化符号的滋养之下成长起来的。等长大了一点，就完全沉浸在了《英雄本色》和《东方不败》的世界里。他们属于周润发世代，“宁愿像英雄一样死去，也不想像狗一样活着”。也就是，拒绝像狗一样挣钱、像阔佬一样花钱。因为，这种生活是不值得过的。但他们不排斥虚无主义，而且重建了自灭派[①]。金劲旭的文学，完全不同于温情脉脉的尹厚明、尹大宁，也不同于在消费社会中批量生产出的大众文学。它没有享受，只有不知疲倦地“连接”。

在《谁杀了科特·柯本》中，通篇看不到新生命的诞生。只有《万里长城之外的红色旅店》中的哑巴少女差一点生下婴儿。她被村里的常客轮奸，怀上了不知父亲是谁的孩子，流产后，坠入莲塘而死。《仙人掌》的主人公不仅不能生育，而且整个小区里没有一个孩子。在一座没有新生命诞生的不毛之城，不孕的时代还剩下什么？答案是死亡，是死亡的冲动。《谁杀了科特·柯本》直接以死亡为主题，讲述了一个叫“玫瑰”的演员被诱拐杀害的案件。《万里长城之外的红色旅店》中，在旅馆登记表上署名为“金劲旭”的男人，自豪地宣称自己就是完美犯罪的真凶。《蜘蛛的计谋》里则出现了小说家李主恩饿死的尸体。《Incert

① 定义不甚明确的文学流派，在当时的韩国文坛主要指具有颓废主义文学倾向的作家，代表人物为尹厚明、尹大宁等。

Coin》中，一具女尸的生殖器里被塞进了一枚五百元硬币。《人狼》和《关于土星伽利略掩盖的一些事实》中，焦点人物 C 和 H 都是可疑的自杀者。《仙人掌》的主人公也在锅炉倒塌事故中丧生。《托尼和汽水》中，自杀引导员成功地将志愿者带到东海岸实施自杀。这一切都是进入了“面向虚无的、不祥的缝隙”（《Incert Coin》）造成的结果。

这些小说仿佛死亡博物志。当然，密集的死亡算不上特别。自荷马以来，世界文学的两大主题就是爱情与死亡。问题在于处理死亡的方式。多数情况下，小说将死亡作为平凡的日常事件冷静地处理，就像谈论机器人的死亡或游戏中的死亡事件。让人感觉现实的悲哀和痛苦遭到了阉割。在非现实的游戏环境中，死亡只是一起单纯的事件，并不需要具有严格的因果性。动机不充分的死亡也可以被接受。如果死亡是失手导致的，则可以重启游戏。也就是说，死亡不需要充分的理由。因为它发生在虚拟场景，而非现实场景。

那么，究竟为什么会造成这种局面？是不是因为现实中的死亡只是抽象事件？是不是因为对死亡的认识是通过大众文化符号和媒介形成的？我们可以说这种认识缺乏深度。我们也可以批评这种对待生命的游戏性和虚拟性的态度。然而，这种把死亡处理得轻盈、冷静的“连接”想象力却暗含着多种能量。它是“连接”资本主义机械欲望的产物，却具有破坏资本主义欲望机器本身的颠覆性想象力。在《托尼和汽水》中，自杀网站是商业化运作的。自杀作为新兴服务业，通过互联网以全球资本主义方式与死亡形成“连接”。在《万里长城之外的红色旅店》中，令人印象深刻的是一张插画。插画的内容是，有人把死婴从汉江打捞起来，提供给中国饭店。在《蜘蛛的计谋》中，小说家李主恩的身份被盗用，死后人们从这个人的身边发现了很多信用卡催收函、电话费账单。这显然是在批评把死亡都当作商品的资本主义。

金劲旭的想象力并不局限于现实。他的想象力是现实与虚构相互碰撞的产物。小说中经常出现叙事的中断和省略，需要读者积极主动地投入阅读。

金劲旭在第四部小说集《您可疑的近况》中，通过“连接”和“断连”的反讽批评了人际关系，同时在更高层面上揭示了视线与欲望的问题。

3.“断连”和“连接”的反讽

在《张国荣死啦？》中，主人公是网吧的打工者，背负着父亲生前留下的巨额债务，艰难度日，妻子也早早离他而去。“二十世纪九十年代的学院里，凡是有点情怀、有点感受力的，有一个算一个，至少都做过一次导演梦。”主人公也曾和他们一样做过导演梦，不过这个梦在人生的开始阶段就破灭了，他现在只能“通过拒绝人际关系，勉强得以存在”。唯一值得庆幸的是，来网吧的人“不关心所谓的关系”，还可以自由地上网，通过“连接”网络“完整地守护自尊心”。人物设定传达的意义还是比较清楚的。他是典型的互联网时代的人物，通过“连接”在虚拟世界中重新建构了自我。不管是否出于自愿，他们与真实的世界隔绝，那是唤起痛苦记忆的空间。相反，虚拟空间却充满魅力、狂放不羁、令人喜悦。

主人公在网络上遨游，有时打打游戏，有时聊聊天。小说的主线是中国香港演员张国荣自杀身亡的那一天，他和“离婚女”的网聊，以及其后发生的一系列事件。在和离婚女的聊天中，主人公发现两个人之前不仅一起看过《阿飞正传》，还在同一天结婚，住过同一家酒店。他们为这些偶然的巧合发出感叹。性急的读者可能会怀疑离婚女是他的前妻。然而叙述者却冷酷地拒绝了这种猜测。如果想在虚拟空间尽情享受“连接”的喜悦，就必须彻底禁止真实世界的介入。不过，他们还是通过张国荣这一媒介，策划了在真实世界中的会面。张国荣的葬礼结束后，离婚女发来电子邮件，约他在那家曾经看过《阿飞正传》的剧场前见面，另外还要求他穿黑西装赴约。主人公在剧场前看到了一群人，他们也跟自己一样穿着黑西服、戴着口罩。他想，“我不知道他们是谁，相信他们也不知道我是谁。”正如《去见贝蒂》中的情形，在真实世界中，他没有见到离婚女，也没有查出离婚女的身份。然而这一失败，却让主人公实现了另一种“绽出”。他的巢穴构筑在虚拟空间，所以发生在真实世界中的会面事件不具有任何意义。他们的行为只在虚拟空间中有意义。这就解释了这篇小说的开头和结尾为什么会采取聊天室截图的样式。

离婚女的电子邮件署名为“无脚鸟”。《阿飞正传》中有一句台词：“我听别人说这世界上有一种鸟是没有脚的，它只能够一直地飞呀飞呀，飞累了就在风里面睡觉，这种鸟一辈子只能下地一次，那一次就是它死亡的时候。”他们也许向往无脚鸟休息的地方。这些在真实世界中无处栖身的人，在虚拟空间中找到了暂时的安身之所。那么，是不是可以说，只要“连接”虚拟空间，就可以得到平静？作者好像也没有给出肯定的回答。他们与真实世界“断连”，并不能保证在虚拟空间得到幸福。在小说末尾的聊天室截图上，网名为亡命之徒的人说：“正在听张国荣《英雄本色》的续集主题歌《奔向未来日子》……其中有这样一句歌词：无谓问我今天的事，无谓去知不要问意义，有意义无意义怎么定。”从这里可以读出那些找不到人生意义和方向的人内心的悲哀。这是在暗示后现代社会里彷徨无助的人虽然在网络空间里流连忘返，但网络毕竟不是真实世界的替代品。所以“连接”只会不停滑落。

在金劲旭看来，我们的人际关系处在沙粒化的状态中。在这一点上，无论真实世界还是虚拟世界都是一样的。他似乎认为，人际关系只是徒具其表而已。《您可疑的近况》的主人公是对人际关系彻底失望的人，在遭遇一场意外的交通事故后，发誓“绝不相信活人”。他对人际关系保持高度的怀疑，相信只有“借助谎言我们才能勉强面对彼此”。这让他在保险理赔行业迅速崭露头角。令人印象深刻的是，在小说的结尾处，在倾覆的轿车里，他跟妹妹和爸爸打电话的场面。这一幕，让人联想到卡夫卡《变形记》的主人公格里高尔·萨姆沙的命运。这样的人际关系网中，他是不是也会变成甲虫？相信没有人敢做出确定的回答。

4. 视线和欲望的力学

作者嘲笑所谓的人生意义，悲观看待人际关系。为了更深入地了解这一点，我们有必要发挥一下想象力，去研究关于视线的问题。在《费尔南德马戏团的拉拉小姐》中，印象派画家德加的作品被放在叙事的中心位置。德加喜欢画女性，且多为舞女或妓女。不过她们却不是画作的主人公。叙述者声称，画作的主人公是“画家那趁人不备的、执着的‘视线’”。

德加的视线冷酷异常，画中的模特只能任其摆布。用嘴咬着绳子悬在半空的费尔南德马戏团的拉拉小姐，由于众人仰视的目光，显得更加惊心动魄。我在一家装裱店发现了这幅画，当时便看到了一个女人和她的命运被囚禁在专横的他人的目光中。众目睽睽之下，这个女人既无法上升，也无法下降，只能咬紧绳子，以防掉落下来。

作者说那是“一个女人和她的命运被囚禁在专横的他人的目光”。以常识而论，人际关系的基础是视线的自由交换。而在相反的情况之下，人际关系必将遭到扭曲。人一旦被他者的视线囚禁，将无法进行正常的视线交换。在他者盛气凌人的视线中，人无法掌握自己的命运，无法决定自己的生命形式，主体被彻底地他者化。可以说，金劲旭刻画出了荒漠化的现代社会中人际关系的忧郁景象。

这一视线问题还直接涉及爱情主体。《浪漫叙事及其敌人》中写道：“爱情不是对她的爱，而是对爱情的爱。所以，分手时的痛苦，不是因为失去了恋人，而是因为失去了爱情……我爱（欲望）的对象不是她，而是她对我的爱（欲望）。分手那天，她说，我想找回自己。”作者独具慧眼地将黑格尔、科耶夫、拉康的欲望原理移用到了爱情现象当中，并借此探究当今时代的人际关系。浪漫影视剧中常见的爱情，不是对对方的爱，而是被对方所爱的渴望。简而言之，那只是利己主义的爱情，而不是利他主义的爱情。不过，在这样的爱情因果链中，人还是要陷入纠结，不仅没有从爱情里获得自由，反而成了爱情的奴隶……“我孤独（因为摆脱了对她的欲望)，因而回到了世界中心。”这一悖论性陈述的意义再明显不过。小说最后引用罗兰·巴特的名言，来说明爱情与人际关系的理想状况。“罗兰·巴特说，创造性既不来自对方，也不来自我本人，而在于我们的关系。所以，为了光芒闪耀的爱情，你需要的不是她或他，而是与他或她的创造性关系。”考虑到作者对沙粒化的人际关系持悲观态度，他指出的理想的人际关系令人深思。

5. 魅惑的噩梦，或噩梦的魅惑

那么，富有魅力的人际关系是否是可能的？事实上，在现实中很难找到人际关系的理想状态。《他人的趣向》中，主人公的处境就是鲜明的例子。妻子不见了，而他对 J 的欲望也遇到了挫折，一直相互信任的 H 也准备结婚，于是他陷入惶恐之中。“走出地下通道，不知道该往哪里去。我像被折断触角的昆虫，失去了方向感。站在原地，四处张望着。……每天路过的街道让我感到陌生，仿佛身处外国一条小巷的深处，不知道究竟通向哪里，心下茫然。”他不知道应该去哪里。“我到底还是回到了起点。”小说在他的苦笑声中结束。这里讲的“原地”，是指被耗尽和“断连”的人际关系现场。

《蝴蝶的无罪证据》的主人公是一个“废人”，曾是广告公司的职员，公司结构调整时主动辞职，现在窝在家里。他“连接”的是电视。“我和世界的唯一通道——窗口，被污浊不堪的窗帘封锁得严严实实。放在床尾的电视机不知何时已经打开，兀自叽喳作响，正播放着 CNN 的早间新闻。”在这一场景中，可以清楚地看到他处在与人隔绝的状态。那层厚厚的窗帘，封锁了他与世界交流的通道。整整一个月，除了躺在床上看电视，他什么都不做。对世界的了解，大部分也来自电视。如果没有电视，他甚至想不起父亲。那是一个月以来第一次出门，他在书店偶然遇见了以前的女同事。当初如果不是他主动辞职，离开公司的应该是这位女同事。“在这个春天，留在她和她情人的身边是残忍的；而在她离开后，继续留在她情人的身边，是加倍的残忍。”这是他主动辞职的理由。女同事说，她怀上了那个男人的孩子，准备去看妇产科，问他可不可以陪自己一起去。从怜悯到愤怒，他带着极为复杂的感情，陪她一起去了医院。可是她说她不能打掉孩子，因为超声波照片上的双胞胎像一只蝴蝶。这和《谁杀了科特

· 柯本》的情形完全相反。不过，作者依旧保持着冷静，并没有进一步渲染他的怜悯。作者也许认为，在严酷的人际关系中，怜悯才是需要被怜悯的对象。

事实上，相较于怜悯的视线，作者更推崇“愤怒的回顾”。故事发生在“令人绝望的不祥的星期六”，“我”得知大学期间同居的前女友尹珠成了作家。现在，“我”已经结婚。妻子经营一家颇具规模的药店，而她的员工姜是“我”的秘密情人。

尹珠的《愤怒的回顾》获得了新春文艺奖。在大学时，“我”和尹珠一起排演过约翰 · 奥斯本的同名戏剧。她的小说中有一男二女三个人物，然而，故事讲的仿佛就是“我”现在的生活：男人跟妻子的下属偷情；妻子发现丈夫出轨而导致流产；医生告诉她，以后无法再生育；妻子拒绝离婚，切除子宫后，飞往了印度。“我”读完这篇小说就想：“她在小说里写了我的故事。她不是通过出卖自己的过去，而是通过出卖我的现在成了作家。”尹珠写作时不可能未卜先知，但却准确预见了“我”的结局。刚读完小说，“我”就接到了妻子流产的消息。

在小说中，作家尹珠将可能的现实模仿为了艺术。然而主人公却将艺术模仿为了现实。评论家郑果里[①]曾说，金劲旭的小说

---

① 郑果里（1958— ），原名郑明教，文学评论家，毕业于首尔大学，现任延世大学教授。

《愤怒的回顾》，将模仿艺术的现实进行了再模仿。正如前文所述，金劲旭“连接”网络、电影等大众文化，对“模仿艺术或大众文化的现实”进行了二度模仿。这是一部将作者的小说创作论小说化的作品。

金劲旭看待现实的方式仍然是“愤怒的回顾”，而不是“怜悯的视线”。小说中，主人公就是“愤怒的回顾”的对象，他自嘲道：“在这个世界上，我是唯一能够原谅我自己的人，可我不能自我原谅。”“没有负罪，是不是就没有爱情。”面带怒容的人们，相互“断连”，缺乏了解，无法进行灵魂的交流和自由的沟通。这种状况不仅存在于“连接”网络的人。在《愤怒的回顾》中，主人公和尹珠虽然是有过同居关系的恋人，但他们也同样如此。“回想起来，我过去并不了解她，现在也一样。很奇怪，她的出租房却让我印象深刻。”留在记忆中的不是人，而是房子。这是比物化情感更恶劣的状况。作者刻画了“充满魅力的噩梦”却无意提供教训或批判性议题。在这里，我们想起了《费尔南德马戏团的拉拉小姐》中的一个片段。“在这个既懒于训诫也怠于幻想的贫困的故事中，只存在一些可有可无的对话、事件，以及拿不准有无必要予以命名的生命的蛛丝马迹和细微的情感错位。”只有在“蛛丝马迹”或“情感错位”中，作者的想象力才变得生机勃勃。

坚信目的可以证实手段正确的是你。这完全是属于你的故事。将懦弱视为罪恶的是你。千真万确，这是你的故事。此刻，在无望的生活中啃噬自己灵魂的人，一定是你。我确信你会读到这篇文章。几年前，我飞往一座崇拜牛的城市，在飞机上放下了一切。眷恋与彷徨已不属于我。这篇失去焦点的文章，开不出一朵花。但求你回顾，一脸愤怒地回顾。那样我就满足了，让人怜悯的你。

原版作者后记

回顾、重读旧文是一件令人尴尬的事，就好像回味老笑话一样。一篇旧文，不管如何推敲、加工，总是不免让人尴尬。如果说旧文令人惭愧，那么未来的文章则使人茫然，就像偶尔听到的初恋情人的近况。旧文对未来的文章不会有任何帮助，同样，未来的文章也不可能弥补旧文的不足。所以，怜悯的对象不是旧文，而是“惭愧”；爱的对象不是未来的文章，而是“茫然”。我希望在未来的文章中剔除“旧文的惭愧”，一点点地进步。

感谢百忙之中为这本小说集写作解读文章的禹灿济老师。感谢一直关心拙文的文学与知性社的各位老师。

二〇〇五年五月

金劲旭

图书在版编目（CIP）数据

您可疑的近况 /（韩）金劲旭著；安松元译. -- 海口：南海出版公司，2022.8
ISBN 978-7-5735-0187-5

Ⅰ. ①您… Ⅱ. ①金… ②安… Ⅲ. ①短篇小说－小说集－韩国－现代 Ⅳ. ①I312.645

中国版本图书馆 CIP 数据核字（2022）第 071159 号

著作权合同登记号 图字：30-2022-037

This book is published with the support of the Literature Translation Institute of Korea(LTI Korea).

您可疑的近况
〔韩〕金劲旭 著
安松元 译

出　　版　南海出版公司　(0898)66568511
　　　　　海口市海秀中路 51 号星华大厦五楼　　邮编 570206
发　　行　新经典发行有限公司
　　　　　电话 (010)68423599　　邮箱 editor@readinglife.com
经　　销　新华书店

责任编辑　黄宁群
策划编辑　陈菲儿
特邀编辑　唐阅辉　吕宗蕾
营销编辑　王　靖　李筱竹
装帧设计　李照祥
内文制作　田小波

印　　刷　北京盛通印刷股份有限公司
开　　本　850 毫米 ×1092 毫米　1/32
印　　张　7.5
字　　数　125 千
版　　次　2022 年 8 月第 1 版
印　　次　2022 年 8 月第 1 次印刷
书　　号　ISBN 978-7-5735-0187-5
定　　价　49.00 元